快餐文学坊 第二辑·散文

父与子的战争

王十月◎著

新疆美术摄影出版社
新疆电子音像出版社

图书在版编目(CIP)数据

父与子的战争 / 王十月著. — 乌鲁木齐 : 新疆美术摄影出版社 : 新疆电子音像出版社, 2013.12 （2015 年 3 月重印）
ISBN 978-7-5469-4383-1

Ⅰ. ①父… Ⅱ. ①王… Ⅲ. ①散文集 – 中国 – 当代
Ⅳ. ①I267

中国版本图书馆 CIP 数据核字(2013)第 228411 号

选题策划　于文胜
总 主 编　温　倩
本册主编　葛一敏

父与子的战争　王十月　著

责任编辑　王永民
制　　作　乌鲁木齐标杆集印务有限公司
出版发行　新疆美术摄影出版社
　　　　　新疆电子音像出版社
地　　址　乌鲁木齐市经济技术开发区科技园路 5 号
邮　　编　830026
印　　刷　三河市燕春印务有限公司
开　　本　787 mm × 1 092 mm　1/16
印　　张　11
字　　数　95 千字
版　　次　2015 年 3 月第 2 版
印　　次　2015 年 3 月第 1 次印刷
书　　号　ISBN 978-7-5469-4383-1
定　　价　29.80 元

目录 Contents

寻亲记

1996年，我在深圳松岗某厂当杂工，二姐在东莞长安。姐弟俩说起来相隔不远，却难得见上一面。二姐1992年就来南方了。二姐来南方打工是为了还债，家里盖房子欠下了很多债，如果靠种地，估计驴年马月也还不清。二姐和二姐夫只好把两个孩子丢在家里出来打工，他们出来时，小女儿才刚刚会走。二姐刚开始一直在东莞长安的一家电子厂做焊锡工，焊锡工是典型的熟练工，技术含量几乎可以省略，工资自然也就少得可怜。

她们的厂很大，很正规。越是正规的大厂，管得越严，要去看一次二姐，简直难于上青天，没有厂牌，有时连工业区都进不了。就算趁保安不注意蒙混进了工业区，也只能隔着宿舍的铁栅栏说上几句话。

来南方第一次见到二姐时，我简直不敢相信眼前的那个瘦弱的女人是我二姐。我记忆中的二姐，是那么的漂亮、年轻。当年在村里，二姐可是公认的美人。四年的打工生活，让我青春美丽的二姐看上去像是老了十岁。二姐见到我，脸上开满了笑，她接过我肩上的包，问我一路上顺不顺利，有没有被卖猪仔。我说什么是卖猪仔？二姐笑着说，就是坐车时被人转来转去。从广州坐到东莞，我转了八次车，买了八次票。二姐说，平安到了就好，下次直接在省站坐车，不要坐广场上的车，那些车里有背包党，专门斩人的。二姐又问我有没有挨打。我说我每次都老老实实交了钱，他们没打我。刚走出广州站时，我的心里是无限兴奋的，我在心里冲着广州的天空说：广东，我来了。我觉得，来到了珠三角，我就要天高任鸟飞，海阔凭鱼跃了；我就可以自信人生二百年，会当击水三千里了。然而那些卖猪仔的给了我一个下马威，他们让我清醒地认识到，未来的路，将是艰难重重的。

二姐又说，没有打你就好，我一直担心你这脾气不好，遇到背包党了你和他们蛮干。

二姐对于我损失了七倍的车费似乎并不在意。在她的心中，弟弟的安全才是第一位的。后来又见到了妹妹，妹妹和二姐在一间厂打工，但不是一个车间，又不是同一间宿舍，加之厂里是三班倒，姐妹二人在同一间厂，有时也得十天半月才能见上一面。

我住在了姐夫打工的长安镇长富家具厂。他们那间厂不大，百十号员工，管得不太严，这给了我偷偷溜进员工宿舍的机会。只要进了宿舍，基本上就安全了。姐夫他们厂的宿舍很大，里面乌漆抹黑的，一间宿舍里有几十架铁架床，走进宿舍，简直就是走进了迷宫。钻进床里，拉上床帘，就可以高枕无忧了。开始几天，白天出去找工，自觉是个人才，梦想找个仓管、文员什么的，不屑当普工。晚上回来，就到长富家具厂背后的美泰玩具厂看电影。我记得有一次看的是《金大班的最后一夜》，当时只觉得好看，有几处感动得我偷偷蹲下来流泪。那时我并没有想到将来会走上写作这条路，也还不知道白先勇是谁。看到白先勇的小说，是十年后的事了。当时找工作并不顺利，经过了半个月的折腾之后，晚上再也没劲出去看电影了，偷偷摸进宿舍，转眼就睡着。手中的钱也用光了，我又不想向二姐借钱，只好降低要求进厂当杂工。这间厂加班很厉害，每晚都要做到十二点过，冲完凉(这里把洗澡叫冲凉)，差不多就到凌晨一点。自从进厂后，我就一直没有见过二姐了。

有一天晚上，二姐下班后，约了妹妹过松岗来看我。她们到了厂门外，希望保安能叫一下我，保安没有理会二姐的请求。我记得那是在冬夜，珠三角的冬夜，虽不像故乡那样寒冷，却也有几份寒意。二姐和妹妹就这样站在厂门外，一直等着我下班，结果她们等到了晚上十一点半。必须回去了，再不回去就没有车了。我可以感受到二姐当时失落的心情。发工资后，我做的第一件事就是买两包“红双喜”牌香烟送给保安。工友告诉我，不给保安送烟，保安是不会喊人的。在这里，很多厂的保安除了喊人要送烟之外，代收挂号信也要收两块钱。我送给保安两包烟，觉得还是不放心，又加了十块钱。我不能让我的二姐下次再来找我时找不着。

出粮(这里把发工资叫出粮)的那一天，我去了一趟长安，去找二姐。才得知二姐已离开长安，去了宝安的石岩镇，找妹妹也没找着。没过多久,我就收到了二姐的来信。二姐在信中说,她花了两百块钱学了一个星期的电车,现在终于有一门技术了。二姐很高兴,说她进了服装厂,一个月可以拿到六百块。从此,二姐就一直在服装厂打工,这一做就是十年,一直到现在。二姐常说,等到两个孩子都毕业了,她也要休息了。她实在是太累了。可是她不敢松懈,她一松懈,这个家庭也就完了。二姐的两个孩子都很懂事,儿子在东莞读技校,学的是模具制造,一年的学费、生活费要一万多。女儿在读初三,成绩很好,她是一定要上高中,要上大学的。二姐夫多年来一直做木工,做了很多厂,得了职业病,也没有地方负这责任,四处求医,花了很多钱,也没能治好。这样,我的二姐一个人打工,要供两个孩子上学,还要供姐夫治病。她只有拼命加班。后来,当我再一次见到二姐时,我听二姐说,她已经有几个春节都没有休一天假了。珠三角的服装厂大多数是做来料加工的。来料加工赚的就是一点人工,因此这边的服装厂工价大多很低。

一晃有几个月没有见面了。在珠三角打工,探亲访友是一件极麻烦的事。特别在早几年,那时还不像现在这样,差不多的打工者都配有了手机。那时的打工者,有一个寻呼机都是很奢侈的梦想。打电话到厂里,要找一个普通的员工几乎是不可能的。有时趁着一天假期去探亲访友,很可能是花了时间却没有找到人。我在珠三角这么多年,我的哥哥姐姐和妹妹们都在这边打工,但是我已有四年没有见过我大哥,有三年没有见过我妹妹,和二姐也是经常失去联系。

二姐去了石岩之后，一直没有来看过我，也没有再来过信。我放心不下二姐，左等右盼，厂里终于出粮了。厂里有个延续的传统，出粮之后是会放假一天的，大家拿到了工资，有的要去购置生活用品，有的要寄钱回家。一天的假过后，又将是一个月的漫长等待。出粮的那天，我从松岗坐车去石岩看二姐。还好，这一次坐上了直达车，路上没有被人卖猪仔。只是车很挤，说好了是上车就走，却一直在立交桥下转来转去，直到把车里塞得满满的才上路。找到二姐打工的制衣厂，已是上午十点过了。我求保安帮我去叫一下二姐。保安看看我说，王敏？哪个车间的？我说不知道。保安说，这么大的厂，哪个车间的不知道我怎么帮你叫？再说了，上班的时候是不让出来的。我问保安厂里几点钟下班，保安说十二点半。于是我就在厂门口等。等到下班的时候，一声铃响，厂里响起了一片欢呼声。接着从厂房门口就涌出了一大片穿灰色工衣的打工妹。她们尖叫着，几乎是带着小跑地冲出了厂门，灰色的人流像潮水一样汹涌而出。我站在大门旁，紧张地盯着从厂门口涌出的灰色人流，渴望在人流中发现二姐。人流就这样持续涌动了十多分钟，才开始变得稀疏起来。二姐一直没有出现。等到保安“咣”的一声拉上铁门，二姐还是没有出现。我拦住了几个打工妹，问她们王敏还在厂里面上班吗？她们都摇头说，不认识王敏。

中午，我买了两个馒头胡乱填了一下肚子，又站在厂门口等。我想可能是刚才出厂时人太多了，我没有发现二姐。我守在厂门口，希望在二姐上班时遇见她。过了不到十分钟，就有三三两两的工人陆陆续续

往厂里走了。我不停地拦住她们问：

老乡，你们认识王敏吗？

靓妹，你们认识王敏吗？

得到的都是摇头，或者反问一句是哪个车间的。我说不上来，她们就表示爱莫能助了。

进厂的人渐渐多了起来。大家都面无表情，脚步匆匆。

我熟悉这样的表情。这是珠三角打工人惯有的表情。她们总是这样形色匆匆心事重重，她们出门时也和我一样，怀着对城市生活的无限向往和热爱，怀着成为城里人的梦想，走进了珠三角大大小小的工厂。她们当初踏上南方的土地时，肯定也和我一样，有过兴奋，有过天真，有过冲着天空大喊“广东，我来了”的冲动。然后走进了大大小小的工厂，坐上了流水线，开始简单轻率地复制生活。大多数人的梦想，就年复一年在流水线上悄悄地流走了。直到有一天，在某个疲惫的夜晚，躺在铁架床上的她们，开始怀念某段曾经昙花一现的爱情，或某个曾让她们心动的男孩的身影时，才蓦然惊觉，一生中最美丽的青春年华已在南方的流水线上一去不复返了，而她们以青春为代价换回的却是微薄的薪水和一个农民工的称谓。多年以后，我读到了诗人郑小琼写的一首名叫《黄麻岭》的诗，禁不住当着众人的面放声大哭。我想到了当年去寻找二姐时的情形，想到了我的二姐、妹妹，我曾经熟悉的打工姐妹们。

请允许我把这首诗抄录在这里，以表达我对诗人的尊敬：

我把自己的肉体和灵魂安顿在这个小镇上/它的荔枝林，它的街道/它的流水线一个小小的卡座/我在它的上面安置我的理想，爱情，美梦，青春/我的情人，声音，气味，生命/在异乡，它的黯淡的街灯下/我淋着雨水和汗水，喘着气/我把生活摆在塑料产品，螺丝，钉子/在一张小小的工卡上……我生命的全部/啊，我把自己交给它，一个小小的村庄/风吹走了我的一切/我剩下的苍老，回家/

诗人是个打工妹，她在一间小小的五金厂打工。可喜的是，她对我们这个群体的悲情有了清醒的认识。而我们中的绝大多数，是不会去这样思想的。我们想得很简单，那就是一天做了多少货，厂里什么时候出粮。我们只关心钞票和粮食，透支自己的健康。除此之外，没有什么能让我们揪心。至于尊严，那是一个奢侈的理想。毫无疑问，我的二姐也是这样的一个普通打工者。她是一名车衣工，每天要坐在电车后面飞快的车衣。她最引以为自豪的事情是某一天曾经创纪录地车过多少件衣服。她最大的梦想是每一天能领到好做一些、工价高一些的货。她曾经的梦想早已不再，她现在的全部天地，就是家庭和孩子。而不停地车衣，就是她带领家庭通向幸福的唯一道路。二姐已有多年没有见过她的孩子们了。多年以后，二姐对我说，那一年她回到家中，远远看见两个孩子在家门口玩耍，她朝孩子跑过去，把孩子们抱在怀里，孩子们却吓得哭了起来。孩子们已认不出她。二姐对我说起这些时，眼里含着

泪花。

我胡思乱想着,在厂门口等着我的二姐,可是二姐的身影一直没有出现。就在我快要绝望的时候,终于有一个女工告诉我说王敏不在这间厂里做了,她告诉了我另外一间工厂的名字。

那间厂的规模看上去并不是很大,我找到的时候,厂里已上班了。我问了保安,保安说厂里上班时管得很严,不让出来会客的,而且通往车间的楼梯是锁着的,这样可以防止工人在上班时开小差。保安对我笑笑说你就慢慢等吧,不是我不想帮你,实在是无能为力。保安是一个话很多的人,于是我就站在厂门口和保安聊起了天。保安说他认识我二姐,说是刚进厂的。保安说这间厂的工资很低,加班很厉害。老板是本地人,洗脚上田,没什么文化。保安问我在哪里上班,我说在松岗。我没有说我在厂里当杂工,而是随口吹牛说在写字楼里做。保安问我能不能介绍人进厂,他说他有个堂妹刚来广东,还没有找到工作。我说我们厂里加班很长。保安说没关系。我说我们厂里生活很差,天天吃空心菜。保安说也没关系。我说我们厂里要押三个月的工资,保安说那就算了。

这是一间小厂。生产,住宿,吃饭在一起。整个厂就是呈口字形的四幢楼,前面一幢是写字楼,后面一幢是食堂。左面是车间,右边是宿舍。这样的工厂是属于有着严重安全隐患的企业,是严令整改的对象。但这样的厂现在还是很多,当时更多。

保安很能侃,我猜他最少读过高中。一问,果然。保安说他是高中毕业的,他伸出腿来说,腿坏了,要不怎么会做保安呢。保安的腿得了一种怪病,突然就伸不直了。多年后,我成为一名记者,在珠三角的工厂里调查职业病的情况,我想起了这个保安。我猜想他的这种莫明其妙的怪病很可能就是苯中毒,因为当时保安告诉我,他之前一直在箱包厂做工。箱包厂、鞋厂、丝印厂,这些都是苯中毒的高发区。

我们又聊那道锁住的门。我记得,我们当时说起了多年前震惊全国的葵涌大火。保安说那一年他刚出门打工,他就在葵涌。那次大火他是知道的,那真是惨不忍睹,几十条人命啊！太惨了！要是当时车间门没有锁上,可能一个人都不会死。我们聊着维权,聊《劳动法》。

保安边和我聊天边注意着工厂的出口,又不时地抬头看时间,一下午就这样过去了。保安过去按响了电铃,厂子里就响起了一片尖叫声。

保安去帮我叫二姐。他站在工厂中央大声喊:王敏,你弟弟找你。

过了一会,我就看见二姐像一片秋叶一样飘向了厂门口。我和二姐隔着工厂的铁栅门说着话,二姐问我怎么找到这里的,又问我吃了饭没有,又问了我在厂里的情况。我也问二姐的情况。

下班的时间是短暂的。我们还有很多的话没有说,保安就摁响了上班的第一遍铃声。我看见二姐的眼里闪耀着泪花。我和二姐很久没有见面了,我真想和二姐多说一些话。二姐从铁栅栏里面伸出手来,握着我的手。二姐摸着我的手说,弟,好好做,努力,上进,不要得罪人,下班后不要在外面跑,外面不安全。二姐说,我们兄妹几个,你是最聪明的，姐相信你会有出息的。我点点头。这时保安摁响了第二遍的上班铃，二姐眼里的泪就滚了出来。二姐松开了我的手说，姐要上班了，你回厂里去吧，一路上小心点。二姐说着转身跑进了车间，我的泪水也控制不住地往下淌。和保安道了别，回到厂里时，已是晚上十一点。

没过多久，我就离开了那间工厂。当我再一次去探望二姐时，二姐又离厂了。听说去了宝台厂，我找到宝台厂，厂太大了，根本不可能找到我二姐，我和二姐失去了联系。人海茫茫的珠三角，我无法找到她。后来我离开了南方去了武汉，1998年又去了佛山，直到2000年，我再次来到深圳宝安，在一家打工期刊当起了编辑，二姐偶然的买回了那本杂志，在上面看到了她弟弟的照片和名字，于是拨通了编辑部的电话。我再次见到了二姐，其时，离上次见面，已过去了整整四年。

总有微光照亮

我要说说南庄，这座珠三角的小镇。说说这小镇的灰尘，噪音，人和事。

南庄给我的第一印象是压抑的。这珠三角的工业陶瓷重镇，差不多百分之九十的工厂都生产建筑用陶瓷。踏上南庄的土地，耳朵里塞满了巨大的机器轰鸣声，一根根高大的烟囱林立着，让这座小镇的表情显得怪异莫明，噪音太大，反而失去了声音，只有那些烟囱无声地往外喷吐着青灰的烟。烟太多了，无法飘散，在天空堆积成厚厚的阴霾。整个南庄的天空和大地、工厂和河流都被涂抹成了灰褐色，连树上也浮着一层厚的灰，连打工者的衣服和脸色也是灰色的。让人想起一个叫尚扬的油画家和他笔下的风景。

第一次走进南庄，心里升起本能的反感。悲哀地想，这就是我将要生活的地方?!无论这小镇是否接纳我，也无论我是否喜欢它，我都要把想办法把自己的身影像钉子一样钉入它的身体，除此之外我别无选择。生存——这是我的当务之急。当人生的目标被简化为“生存”二字

时，其他的言语都显得极为奢侈、可笑。生活，生存，一字之差，无异天壤之别。灰色的风景中，我背着一个硕大的黑布包，无声无息地行走在图画中。多年以后，我回想这一幕，回想当时内心的茫然时，依然能看见一个灰色的影子飘浮在黑暗里，像一丝烟飘浮在梦中。而当时的时间，是公元1998年。当时的我，在外打工多年，然后回家搞养殖，最后将打工多年的积蓄打了水漂，欠下一屁股的债。我出门的目标很简单，找一份苦力活，挣钱还债。我计划用三年的时间还清欠债，还清欠债之后的计划，当时还不敢去设想。我们的祖先告诉我们：人无远虑，必有近忧。可是当近忧都无法解决时，远虑往往会显得华而不实。八年之后，当我从异乡漂泊到异乡，在另外一个叫31区的城中村里写作一部名叫《31区》的长篇小说时，我心里浮现起来的只是这样一个简单的意象，黑暗中的一道微光。是这道微光指引着我走出了生命的黑暗。说黑暗并不准确，我也无意去渲染那些尘封的黑暗，毕竟有一道微光在照亮着我，照亮这南方雨水丰沛的小镇。

在南庄，我最先遭遇到的是两个治安员。两个治安员，身穿迷彩服，手提橡胶棒。我心里一惊，暗暗叫苦。对于一个曾经在南方打过工的人来说，知道遇到了治安员，绝对不是什么好的运气。迅速思考对策：手摸进口袋——谢天谢地！从湖北到广州的火车票还在！身份证也在！心里平静了不少。

暂住证，身份证。治安甲说。

我刚来广东，这是我的车票，这是我的身份证。我把能证明我初来乍到，还不需办暂住证的证件、票证一股脑儿递过去。

治安接过我的车票和身份证，瞟了一眼，指着我的包说：打开。

放下包，把里面的衣服一件件往外掏。掏到底下，是书。一本北京燕山出版社出版的《宋词鉴赏》，一本《围棋定式》。书底下是两盒围棋。这两盒围棋，是我在家养猪最困难时候买回的，花了四十五元钱，磨砂的棋子，粒粒均称，黑子深沉，白子浑厚，没有劣质棋子的贼光，我很喜欢。棋买回家，被妻臭骂一通，说“栏里的猪都没钱买饲料喂了，还有心玩棋。”我无语。自己和自己下棋，打发心中的无聊与苦闷。上广东时，背包很沉，我决意要带上它。我知道，未来的生活，将会是枯燥的。生活可以枯燥，但我不能让心灵干涸。

这是什么？治安乙问。

打开棋盒，里面露出了圆润的白子，又打开了另一盒，露出了晶莹的黑子。

这是什么东西？是不是用来搞破坏的！治安乙抓起了一把棋子，瞪着我大声喝问。

治安甲笑着对治安乙说，这是围棋，我见过的。爱下棋的，也是文化人，算了，让他走吧。

谢天谢地，没想到一盒围棋让我有惊无险。

南庄实在是我的幸运之地。在南庄的一年多，包括刚开始的那近一个月找工之旅，在我绝望时，在我悲伤时，在我迷茫时，在我无助时，总是有温暖不期而至，像火把，照亮我的孤独。找工并不顺利。我去南庄，本是投奔在陶瓷厂当搬运的大哥，希望能通过他的介绍进厂当搬运工的。没想到大哥打工的厂很快就要搬到三水去了，厂里不招工，大哥也要跟着去三水。我只好去佛山找工，大哥的姨姐在佛山卖水果，大哥让我去找她，也许可以帮上忙。

我找到了大哥的姨姐美芝。美芝姐在我们故乡是一个传奇，她十六岁时为了逃避自己不喜欢的婚姻，在婚前两天离家出走，其时尚在80年代初，她的故事被当成了反面教材在乡村流传，这也成为她的人生“污点”，以至于后来回到乡村找对象一直很艰难，也有人介绍对象，却总是有这样那样的问题。想来在故乡媒婆们的眼中，一个问题女孩，是只能配上一个问题青年的。美芝姐离家出走时，家乡还没有听说过打工这个词。她逃到武汉，后来进了一所职校学习缝纫，并进了一家服装厂打工。可以这样说，她是我们那个乡，甚至那个小镇第一个出门打工的女孩，后来她就一直东飘西荡，开过的士，经营过餐馆，摆过小摊，夜市，甚至经营过发廊，从陕西往佛山整车整车贩过水果……她从来没有在一个行当做足哪怕半年。她总是像风一样，武汉，深圳，佛山……到处流浪。渐渐地，她由一个十七八的少女流浪成了老姑娘，然后回家嫁人，生了个女儿，后来又风一样的离了婚。我从前一直不明白，她为什么总是这样不安分。村里人都说，如果她安分一点，早就是百万富姐了，这是实情。她一直在折腾自己。她在追寻着什么呢？多年以后，当我突然发现，我其实也是这样在折腾着自己的时候，当我发现我身边的很多打工者也是这样在折腾自己的时候，我突然明白了，她和我是一样的，我们的内心是茫然的，我们并不知道自己在追寻着什么。相信每一个打工人，初出门时都对未来有过各式各样美妙的幻想，可是当我们走进城市，就迷失了方向，我们是一群没有方向感的人。

美芝也是一个没有方向感的人，每次当她做起了一些生意，成为大家眼中所谓的事业成功人士时，她却开始了强烈地怀疑，她的人生因此充满了怀疑的腔调，也因此坎坷不平。她一次次舍弃自己苦心经营的事业，去选择艰苦的创业。当年我去佛山投奔她时，她正在做水果生意——每天挑着两筐子水果走街串巷——她说做水果生意一天能挣三十多块。她认识一个挑了水果卖的广西同行，广西人在汾江里泊了一只船，晚上就睡在船上。在她的帮助下，广西人允许我睡在船外的江岸边，那个地方比较隐蔽，不用担心治安和烂仔。

十多天过去了，工作没找到，美芝姐也为我着急。她还劝过我也卖水果算了，但我似乎心有不甘。手中没了钱，美芝知道了，给了我五十。她说这两天要刮台风了，睡在江边上不安全。其时美芝做生意已小有积蓄，鸟枪换炮，弄了一辆破自行车，驮着两筐子水果卖，比挑着挑子要轻松得多，而且效率也明显增加了。她开发了一片新的地方，每天从佛山批发市场进水果，然后骑一个多小时的车到张槎去卖，在那里，竞争少，生意也好，水果可以卖上好价钱，她一天能挣上五十块了。她看见有穿着像主管或技术工的人就同他们套近乎，送人家一个苹果或是两个梨。混熟了，就问能不能介绍人进厂。后来她认识了佛山美术陶瓷厂的一位技术工，技术工单独有一间宿舍。在美芝的帮助下，在技术工接纳了素昧

平生的我，从此，我离开了江边，住进了技术工的宿舍。

第二天，果然刮台风，下了很大的雨。睡在房间，望着窗外的狂风暴雨，我一夜无眠。那一夜，我想了许多，脑子里很乱。我迫切地需要一份工作，哪怕是搬运工，我有的是力气，干体力活难不倒我。佛山美术陶瓷厂就需要搬运工，技术工可以介绍我进厂，然而我又不甘心真去做苦力了。不甘心做苦力的原因，源于我在佛山美术陶瓷厂结识的一位来自湖南的朋友，我在这里把他叫着X吧。X毕业于中南财经大学，在美术陶瓷厂当搬运工，月薪一千五左右。一日我们在室内闲聊，X说起了他昔日的大学生活，眼里亮起了一星光，我一直记得那一星光，那是一道微光。可是在我后来的记忆中，那一道光却被无限地放大了，那一道微光是那么的亮，亮得甚至可以照亮我在黑暗中的前程。而那的确，只是一道微光。他说起了他在武汉读书时的生活，说起了他的同学少年，说他也曾指点江山、激扬文字，说起这些时，他的腰直了许多，那一张我见惯了的麻木的脸上，突然有了异样的神采。他说到了我熟悉的武汉三镇，说到他大二那年的夏天。然而……他说到然而时，眼里的那一道微光暗淡了，像一阵风，吹灭了那两只火把。那遥远的过去，那年夏天的那场政治风暴，他的青春……当时的我，不能理解他的心中在想些什么，就是现在的我，依然也不能明白，他当时在想些什么。我记得他长长地叹了一口气，没有再说话，就那样呆呆地盯着窗外。窗外，是南庄的天空，那么多的烟筒在往外冒着烟，像极了一副超现实主义的画。我说，你不能这样下去。他苦苦地一笑，说，你呀，你还年轻，你还是太天真了。一个月一千六,不少了。然后,他的样子又回到了之前,那样的颓废,甚至有些未老先衰。

技术工从市场骑回一辆旧自行车给我,这样我的找工效率大大提高了。十多天后,我有了一份工作,在南庄一家公司当主管。当我把这个好消息告诉X时,他的表情很古怪。他盯着我看了许久,像看一个怪物。我不无得意地说,怎么样！我不知道,我的得意是否伤害了他。两个月之后,当我拿了工资,去到佛山美术陶瓷厂感谢帮助过我的技术工时,听说了X辞工的消息,从此再也没有了联系。

南方的雨季不期而至。

我有幸有了一份不错的工作。在南庄镇罗格村的一家酒店用品厂当主管,和来自湖南桃源的小唐睡一间宿舍。

小唐毕业于湖南张家界一所中等技校,后来南方打工,在厂里搞包装设计。那时我还没有接触过电脑,觉得小唐很有本事,很羡慕、也很崇拜他。小唐戴眼镜,斯斯文文,下了班,就倚着宿舍前的栏杆弹吉他,边弹边唱。小唐最爱唱的是郑均的《灰姑娘》。"怎么能忘记你,我在问自己。"小唐拨动着忧伤的琴弦,也拨动着厂里那些姑娘们心中的爱情。英俊潇洒的小唐,就这样成了那些情窦初开的打工妹们青春期的一个梦。她们爱向我打听一些关于小唐的事情,也爱在我的面前谈起小唐,然而她们似乎并没有人对小唐表白过爱情,她们知道小唐是遥不可及的,那就把这一切当成一个美好的梦吧。后来我写过一篇小说《灰姑娘》,里面的男主角就叫小唐,那个小唐也爱弹吉他,也爱唱郑均的《灰姑

娘》，在写那篇小说时，我的脑子里出现的就是小唐的影子。

2000年，我和小唐先后出厂，就再也没有见过面了，也没有任何关于他的消息。我感激小唐，如果没有小唐，我也许到现在还没有找到自己的方向。小唐是一个遵从自己内心的人，他对未来有着明确而清醒的设想，并且一直在为之努力。我们那时是很要好的朋友。

我比较轻闲，晚上也不用加班，安排好工作，偶尔去车间转一转就行。晚上的时间，我们那些玩得比较好的朋友们就在公司的楼顶聊天，聊我们的未来，或者听小唐弹吉他。小唐除了弹吉他之外，还会写诗。我还记得他在一首诗中，把我们身边的打工妹称为他生命中最美的花，他的那首诗我记不真切了。有一天，他对我讲起了两个人。一个是打工妹安子，一个是打工作家周崇贤。安子，一个初中没毕业的打工妹，用笔写出了一个大写的人字。周崇贤，一个初中没毕业的打工仔，也是凭一支笔改变了自己的命运。小唐对我讲安子，讲周崇贤，是因为我和他们有着相似的经历。小唐对我说，你的文笔不错，安子和周崇贤能当作家，你为什么不能。小唐对我说，在南方，没有什么是不可能的。我一直记得这句话，后来的很长一段时间，把这句话引为口号在激励着自己。

我的作家梦就这样被激活了。其实我在十六七岁的时候，也是热爱文学的，也写过诗。只是后来开始了打工，我忘记了我内心深处最热爱的是什么，我放弃了自己的热爱，而在另外一条不属于自己的大道上迷失了十年。在南庄，我又开始找回自己了。于是很多的时候，在厂后面那一片丰茂的香蕉林里，工友们会看到我的身影，或坐在水塘边看书，或睡在草地上，望着天上的流云发呆。

在南庄，有两件事，深深地影响了我。

先说第一件。我进厂的第一天，厂里没有开饭。

厂里做饭的女工生病了，住进了医院，据说是风湿病。就在那天晚上，突然传来了消息，说那位女工不行了。厂里很多的工人都去医院看望她。老板也去了，经理也去了。我刚进厂，并不认识那位女工，我没有去。夜晚，厂里很安静，从宿舍的窗外望去，远处是南庄陶瓷厂上空昏黄的灯火，近处是一片池塘和香蕉树林，莫明地觉得有一些感伤和孤独。

第二天早晨，我听说了那位女工已去世的消息。我一直怀疑女工是死于医疗事故，风湿病怎么会要了人的命呢？当然，我这只是怀疑，无凭无据。后来我听去看过她的工友们讲，她在临死之前，一直在流泪。说她不想死，说她有爱她的老公和孩子，说她想回家。最后，她就开始唱歌，很小声地唱，唱的是当时很流行的那首《流浪歌》：流浪的人在外想念你/亲爱的妈妈/流浪的脚步走遍天涯/没有一个家/冬天的风啊夹着岁月花/把我的泪吹下……工友们说，她越唱声音越小，后来就没有声音了，留下病房里哭成一团的工友们。她的爱人第三天才赶到南庄，抱着她的骨灰，回家。

厨房里很快又来了一位阿姨，也是四川的，也爱唱歌。她的歌声很响亮。她的男人，腿有些问题，有时会来厂里玩，于是男人拉二胡，女人唱歌，唱“夫妻双双把家还”，她们很快乐。大家很快忘记了那位把生命丢在异乡的厨房女工。两个月后，我伏在车间的桌子上，开始写下了我

的第一篇小说。现在看来，那篇小说是相当稚嫩的。可是当我写到小说中的主人公在临死前唱起《流浪歌》的那一段时，我的泪水汹涌而出，我在工人们惊愕的目光中逃出了车间，趴在床上任泪水肆意流淌。下班后，工友们纷纷来看我，问我怎么啦，问我是不是家里出什么事了。她们的问候让我感到了前所未有的温暖。我对她们说，大雪死了。

大雪是我小说中主人公的名字。

那篇小说开始在厂里的女工们中间传阅。几乎每一个看过的工友都说，在看到大雪死前唱流浪歌的那一段时，她们哭了。我知道她们是想起了那位厨房女工，也想起了自己的青春、爱情与未来。

第二件事，与一个叫冷钟慧的打工妹有关。

我在当主管之后没多久，厂里又增加了一个小小的部门，说是部门，其实也就是四名女工。老板让我在管理丝印车间的同时，把这个小部门也管起来。厂里从其他部门调来两名女工，又新招来两名女工，新招的两个都来自贵州一个叫旺草镇的地方。我后来试着在地图上寻找过旺草镇，但没有找着。两个女工，她们都很小，十七八岁，其中一个就是冷钟慧。冷钟慧在进厂的第二天就病了，当时我没有在意。第三天，她还没来上班，一问，是没钱去看病。我去宿舍看她，她脸色蜡黄，说话的气力都没有了，于是请厂长安排了车，又向工友借了点钱，把她送到了南庄医院。没想到那几天南庄出现了几例霍乱病人，而冷钟慧的病情很像霍乱，医院很重视，要先交三千元的住院押金，然后把病人隔离观察。我带的钱不够，回到厂里向财务部借了点钱交了住院费。在等着化验结果的那些天，厂里弄得很紧张，人心惶惶，厂里进行了全面的消毒。我每天会去看望两次冷钟慧，隔着隔离间透明的玻璃，我们说不上一句话。其实我只是想让她知道，她不是孤立无助的，希望她多一些信心。一个星期过去了，化验结果也出来了，感谢上苍，她只是患上了急性肠胃炎。厂里开车去接她回来，压抑在工厂里的阴影终于散去了。冷中慧出院后的第一件事，就是跑到我的宿舍，把我脏得散发着臭气的被子、床单和一堆脏衣服抱到洗衣间，洗得干干净净。

其实我只是做了一件很小的事情。她病了，而刚好又是我这个部门的，她在这里又没有老乡亲人，我不管谁管？没有想到的是，这件事在厂里引起了极大的反响，后来，我几乎成了厂里的英雄。我的形象在冷钟慧充满感激的讲述中变得无限高大了起来，冷钟慧不再叫我主管，改口叫我大哥。在她的带动下，我手下的工人们都开始叫我大哥。有一次，我在卫生间里蹲着，听见背面卫生间里传来两个女工的对话，她们居然在谈论着我，一个对另一个说，你真的幸运，有这样好的一个主管。另一个说，那当然啦。言语中颇为自豪。

元旦的时候，厂里主办了一台晚会，很多的客户也来参加，我是主持人。冷中慧和另外三位女工准备了一个合唱节目——《让世界充满爱》。晚会一切都按我们的计划在进行，到了冷钟慧的节目时，她却在唱歌之前说起了几个月前她住院的那件事，说起了我送她去医院，给她交押金，说如果没有王大哥，她也许已经不在这个世界上了，她几乎是泣不成声地说着，旁若无人。我打断了她的话，不让她说，让她唱歌，

可是她一定要说。她把内心的话说完了，泪流满面地对着我深深鞠了个躬，然后才和她的姐妹们一起唱起了那首《让世界充满爱》。冷钟慧的表现让我无地自容、惭愧不已。

我渐渐爱上了南庄，爱上了这个灰尘漫天的小镇，爱上了这里林立的烟囱。我开始计划着，还清欠债之后，该怎么样去生活。

晚会过后，很快就到年关了，厂里加班时间越来越长，总是有赶不完的货，而这些货都要在年前交付客户的，每一个主管的压力都很大。老板要对客户负责，我们要对老板负责。看着工人没完没了地加班，看着她们那疲惫的身影，在安排她们加班时，心里总有一些说不出的感觉。我想我该切切实实为她们做点什么，可是我不知道该怎么做。去和经理谈过了，要求增加一些工人，减少加班时间。经理说年关时招工困难，而且过了年就是淡季，招这么多工人也不合适。我唯一能做的事，就是陪着她们一起加班，用这种方式，来减轻一点我的内疚。在她们下班之后，偶尔也会帮她们打一份炒粉。我希望用这样的方式告诉她们，我和她们在一起。我还有一份私心，就是希望早一天做完订单，好早一天回家。

腊月二十七日凌晨三点，在连续两个通宵之后，我们终于可以放假了。我部下的员工们不回家，将在厂里过年。

下班了，连续加班多日的她们没有去休息，而是来到了我的宿舍，帮我整理着背包，然后默默无语。大家都不知道说些什么才好，千言万语，无法用语言来表达。天很快就亮了，我要坐车，先到佛山，再到广州，再到荆州，再到石首，再到调关，然后才到我的家，那个名叫南湖的村庄。我已是归心似箭。她们争着帮我背包，我把包交给了冷钟慧，硕大的包。我知道，让她们做点什么，她们会感到高兴一些。我们一起走到路口等车。她们说，向嫂子问好。我说谢谢。她们说，问侄女好。我说谢谢。车就来了，我背上包跳上了车，车开动了。一个女孩突然将手掌捂在嘴边大声叫喊着：大哥，一路顺风。其他人也一起喊了起来：大哥，一路顺风。然后我看见她们相拥在风中，可是我必须回家。

南庄渐渐远去了，她们的影子越来越小，车拐了一个弯，就看不见了。我的泪水汹涌而下，差不多是一路流泪到佛山。回家的汽车经过大瑶山，望着窗外的凤尾竹，那山脚下环绕的碧绿的江水，我的泪水又莫明其妙地下来了。

文学改变了我的命运。次年五月，我离开了南庄，到深圳当编辑。离开的那天，正是南方的雨季。雨水洗尽了南庄的天空，连路边的树们，都鲜活了起来，香蕉叶绿得肥硕温润。她们再一次送我，这一次她们没有流泪，只是往我的包里塞了很多的东西：水果，钢笔，笔记本，相册。冷钟慧还塞给了我一个信封，说要我上车后才能看。上车后打开一看，里面有一封信，还有二百块钱。冷钟慧在信中说，大哥去深圳，很多地方要用钱……

我感谢她们，这些可爱的姐妹们。是她们的感恩，让我开始学会了怀着感恩流浪，学会了宽容，学会了打开自己紧闭的心。美芝姐、技术工、X、小唐、冷钟慧……这一道道微光，照亮了我的南庄。这南方的小镇，每一次想起，总会感到无限温暖。

小民安家

关于安家的记忆，从“吱吱呀呀”的声音开始。在人力的拉动下，石磙与胳膊粗的麻绳纠缠在一起，发出的吱呀声，从二十八年前，一直延绵到今天，每次想起，我的眼里就会蓄满泪水，仿佛那声音，是父辈的梦想与艰难的现实摩擦发出的痛苦呻吟。可在我的记忆里，那声音，又分明是欢快的——父亲与母亲，那时他们多么年轻，汗水不停流淌的脸上，分明写满了快乐。时光是无情的，可以消解一切的重，而时光本身，又有着重量，许多看似轻的事物，在时光湮灭的过程中，渐渐变得沉重起来。比如现在，我闭上眼，脑子里就会浮现一幅画：

荆江南岸，湿地草木萧瑟，清冷的月静静笼罩乡村，是冬天。荆南的冬天总是有风的，稻田里是被寒霜冻结的禾茬，白晃晃的，和清白的月光交融在一起。当然有声音，“吱吱呀呀，吱吱呀呀——”。父亲和母亲，身体向前倾，与地面呈四十五度，肩上是两根胳膊粗的麻绳，荆南人称“烂子”。烂子的后面，是沉重的石磙。父亲和母亲，拉着石磙，在稻田里艰难前行，一圈，又一圈……一夜，又一夜……

记忆中，那时的我，多半睡在床上，听着离家不远的田里传来的吱呀声，一会儿，就入了梦。偶尔也有睡不着的时候，贪玩了，便跟在父母的身后跑，一圈，一圈。父亲与母亲很少说话，像牛一样拉着沉重的石磙。那时家里似乎还没有耕牛，这本属于耕牛干的活，只好由人力来完成。

如果没有记错，那一年，应该是1980年。

烂子勒在父亲、母亲的肩上，他们沉默着。两亩地，两亩有着一米深泥脚的湿地，经过两个月的日晒、风吹，在石磙一遍遍的滚压下，渐渐结实起来。半个月过去了，泥土已变瓷实，父亲和母亲用专门的划砖刀把泥划成一尺长、半尺宽的长方块，再用锹把泥块翻起来，形成方砖，然后是一遍又一遍地翻晒……父亲与母亲偶尔也会说话。他们谈得最多的，是刚刚分到的土地，是今年的好收成，是明年的打算，是他们未来的新家。但更多的时候，是沉默，只有石磙发出的声音：

吱吱呀呀，吱吱呀呀……

许多年后，父亲坐在昏黄的灯影里，对我们说起这些，说起他和母亲建筑新家的过程时，母亲已长眠在她亲手建起的新家后面。回应父亲的，是风中的竹。

我们家周围，常年苍翠的，是竹。远远望去，我们家，就掩映在竹中。“家居竹影青山畔，人在春风和气中。”有一年春节，我们家贴了这样一副对联。

竹在我们村本是极少有的。这竹，来自父亲童年生活过的地方，离

父母亲新筑的家有四十五里之遥。

二十八年前，父亲、母亲终于把新家建好。父亲望着房子周围光秃秃的黄土，对母亲说，要有竹。于是，屋后就有了竹。母亲说，要有树，于是，房前就有了树。

树长得慢极，许多年后始成材。而那些来自远方的竹们，在第二年的春天，便长出了第一批新笋。

我还记得，一场春雨过后，父亲怜爱地看着一夜间冒出土的新笋，兴奋地叫母亲去看的情形。他们数着新出的竹笋，怎么数也数不清。几年后，数株母竹，连成了一大片。竹笋一年比一年粗大。新出的竹，已有大海碗粗。竹的生命力是如此旺盛，他们开始向四处扩张自己的领地，把房子包围了起来，将菜园挤到了一角。到后来，春天一到，要将新长出的笋拔了以控制竹的生长。于是，邻居们在那个春天，便能吃上清香中略带苦味的竹笋。而在我的记忆里，父亲坐在灯影下，对我们说起他和母亲走了四十五里山地，从遥远的桃花山拉着板车，将几窝母竹拉回家的情形依然那么清晰。其间，父亲反复叹息，母亲没有福分。父亲说，母亲嫁给他时，家里一贫如洗。爷爷让他们分家，分给他的家业是一口没有盖的锅，锅盖就用斗笠来代替。

父亲说，那时，他们的梦想，便是拥有自己的房子。

父亲、母亲最初的家，是一间“沙牛棚”。“沙牛棚”是父亲的说法，即一间牛棚大小的草屋。那是父母亲组成家庭后最初的家，我没有见过，只存在于父亲的回忆与我的想象中。在我的记忆里，最初的家，是一间很奇怪的房子，房子很长，一排有八九间，叔叔一家，爷爷奶奶，还有我们，依次在那长长的一排房子里安身。关于那房子奇特的造型，我也是听父亲说起的，说最初的房子，是只有两间的。家里的人越来越多，房子不够用，于是有了点能力，便在原来的房子旁边接一间。再过两年，又接上一间，经过了十多年，就接出了那像长龙一样高高低低的长房子……父亲常常是说着说着便突然不言语了。他是想起了母亲，终于有了梦想中的家，可是母亲却走了。

“她这辈子没过上一天好日子。”父亲对我们说。

“不过我也对得起你了，我把伢们都拉扯大了。”父亲对母亲说。

父亲这样说时，仿佛在安慰母亲。父亲大约相信，母亲在九泉之下，是能听见他的这些叙说的。又或者，父亲有太多的话要对母亲说。

父亲说起建家的过程时，是自豪的。毕竟，那时的荆南农村，大多人家还住着低矮的草棚，而我的父亲、母亲，却用自己的双手建起宽敞的瓦屋。其实在父亲、母亲建新家的过程中，最累最苦的不是做砖，是挖地基。只是那时我还小，无法体会那巨大的劳动量背后的艰辛。我只是听姐姐们说，那时每天晚上，父亲、母亲忙完了田里的活后，就去挖地基。挖了整整一年，父亲、母亲硬生生在一片碎石坡上，开出了一个L形。几把一尺长的鹤嘴锄，愣被磨损得只有两三寸长。我的记忆，保留了冬夜那吱吱呀呀的诗意，却忽略了父亲、母亲最为艰辛的建家过程。

安居乐业，对于一个农民来说，差不多就是一辈子最大的梦想。但先要安居，后才能乐业。

中国人的意识里，关于家的概念，首先是建立在房子基础上的。

我的父亲和母亲，从结婚组成自己的小家开始，便在为这一梦想而努力。1980年的冬天，他们的梦想成真了。我记得，新房上梁那天，来了许多客人，放了响亮的鞭炮。父亲、母亲站在房梁下，望着红布把房梁缓缓拉起，看着师傅们站在房梁上，将一把把的喜糖、点了红心的发饼撒向抢成一团的孩子们。那一刻，他们的内心想必是极骄傲、自豪的。

那是他们亲手建起的新家。

也许是父亲、母亲太急于住进新家了，也许是旧家实在无法再住，随时有倒塌的危险，他们的新家，初建时，就留下了隐患。房子建起后没多久，由于砖没干透，很快就变了形。先是墙上出现了裂缝，接着，墙体开始倾斜。后来的很多年，家里就横着许多“撑子”，我的床前就横了一根。我曾经在上面吊了一个沙袋，每天清晨起来练拳，渴望成为霍元甲那样的武林高手。当真是少年不识愁滋味呀，不知道烦恼纠缠着父亲母亲。新家刚建成，父母亲就有了新的梦想，再建一个安全的、更合时宜的、也更漂亮的红砖碧瓦房。但这一切，后来只有父亲独自一人面对。母亲在新家建起后没多久，便离开了我们。

这是父亲的心病，是他一辈子的歉疚。

父亲总是说，要是当初不那么着急盖房子，等砖干一干，你妈妈就不会出事了。

然而生活没有如果。新家建起后的第二个春天，当春雨来到荆南大地的时候，家里又出了新的情况，可能是地基没有打好，一下大雨，雨水就往家里渗。为此，每逢下雨，母亲的心就会揪起来。那年的三月十三，荆南出现了罕见的七级台风，台风必定会带来暴雨，母亲害怕暴雨泡软了地基，顶着狂风，想把屋檐沟挖深一些。

狂风卷起一块瓦，打在了母亲的头上……

母亲离开了我们，那一年，母亲三十八岁。

母亲还多么年轻！

母亲临终遗言：幸亏没有打着我的伢们。

母亲走后，父亲一直未再娶。五个孩子都未成人，他身上的担子有多重，可想而知。而那新建的家，没过两年，便越发东倒西歪，成了危房。其时，农村因为分产到户，日子一日日过得好。每年冬天，都有许多人家盖新房。那新房，不再是土制的砖坯，而是窑里烧出的红砖。每年冬天，父亲都要给邻居帮忙建新房。父亲说，将来我们也要建房的，现在给别人帮了忙，将来才会有人帮你。

1985年，父亲开始计划他的红砖房了。于是我们家门口，慢慢有了一些建房的红砖、檩子。村里人偶尔经过我家门口，看着我家门前的红砖和檩子，便会用羡慕的语气说，要盖熟墙统子了啊?！熟墙统子是我们那里人对红砖房的称谓。父亲总是笑着说，八字还没有一撇呢。但我知道，父亲的心里默默在攥着劲。红砖一年一年增多，檩子也在增多，消费水准也一年一年往上长。许多的夜晚，父亲都拿着算盘，反复计算建一栋新房的开支，然后和衣躺在床上。许久，从父亲的房间，传出一声沉重的叹息。

在父亲的叹息声中,我们五兄妹,渐渐长大。父亲、母亲建起的家,也已破败不堪。每逢下雨,父亲的脸上就堆满了愁云。

1987年,我十五岁,初中毕业,没考上高中。小学考初中,我考全片区五所小学第一名。父亲一直以为我能上高中、上大学。培养出一个大学生,是父亲的心愿。哥哥与二姐初中毕业后,父亲全部的希望就寄托在我身上。可是我的心已不在学习上,自以为已经长大,已是个男子汉,要回家挑起家庭的担子。

仿佛是在完成一场接力赛,为了一个红砖青瓦的新家,我渴望接过父亲手中的接力棒。

然而理想与现实总是有着巨大的落差,父亲并没有把接力棒交给我。我开始怀疑父亲持家的能力,将我家贫穷的根源归结为父亲思想保守。我认为在那几亩地里死扒活作,一辈子也不能致富,想盖新房子更是遥遥无期。我对父亲说,让我当家吧。我甚至想好了"施政纲领",如何尽快带着一家人发家致富。我的提议得到了妹妹的附和。父亲冷笑了一声,说你当家,一家人跟着喝西北风啊?你知道一年的种子化肥要多少开支吗?人情苛派有多少吗?一亩地能打多少粮食吗?你知道什么时候泡种什么时候下秧吗?你会耕田吗?会扬场吗?我被问得哑口无言,可我还是想当家。我觉得由我来当家,我们家可以迅速改变落后的面貌。

很长一段时间,我和父亲成了对头,一见面就相互没有好脸色。父亲气我不听话，我怪父亲死脑筋。而我们的家，在风雨中越发飘摇欲坠，新房，却越发遥遥无期了。

那些年，我都干了些什么呢？现在想来，我当真是在穷折腾：

去武汉学泡无根豆芽技术。在当时，无根豆芽可是个新鲜的事物，我从收音机里听到了“一斤豆子八斤芽”的广告，然后算了一笔账，认定这是条发家致富的好门路。那时开始流行万元户的说法，而所有的万元户，差不多同时也是专业户。父亲被我说动了，给了我路费和学费。学会技术回到家，又把几口大水缸钻了孔，改成了生豆芽的容器，风风火火上了马。可是我泡出的豆芽总是烂掉。很多年后，父亲说到这些，还为他那几口大水缸被我钻破了心痛不已。学种植食用菌，可是结果种出了一片杂菌。我还改良过种植水稻的方式，在村里第一个弄起了抛秧，结果，我那一亩实验地，种出了一片稗子，成为村里的笑谈。

我还干过什么呢？搞根雕，背着一把锄头到处挖树根；学美术，在房前屋后挂了许多的牌子，上面用油漆写上“禁止打鸟”，把我家的椅子都画成表现主义风格的油画……我像那个和风车战斗的愁容骑士，在乡村的天地东突西走，结果碰得头破血流。后来，我写过一篇小说《少年行》，那里面，就有着我当时生活的影子。现在想来，当时的我，当真是个怪物，一点也不像农民，或者，我从来就不是个合格的农民。最可笑的，大抵是我每天清早会起来沿着长江干堤跑步。你说一个农民，天天干活累得腰都直不起，哪里会缺乏锻炼呢？现在偶尔回家，还会有邻居拿这些事来取笑我。而当时的事实证明，我的持家能力很差劲，如

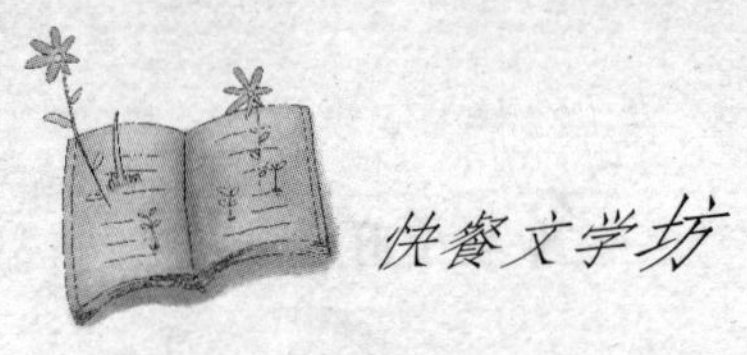

果真把家给我当,估计两年下来,家里就要欠债了。可是当时的我不这样认为,我认为自己怀才不遇,我的心比天还大,我以为给我一根竹篙,我可以把天捅一个窟窿。

在乡村的好多年,我一直在穷折腾。时间就这样在我的穷折腾中跨入了20世纪90年代。

我是多么感激90年代啊。现在回想起来,如果没有打工潮的兴起,现在的我会是什么样的?我会一直待在乡村,继续像愁容骑士一样和风车作斗争?还是像我那才华横溢的叔叔一样,豪气与才情被乡村无情的现实消磨殆尽,成为一个地道的麻将迷。许多年后,中央电视台为我拍摄专题片,记者问我,对于苦难的打工生活有什么看法?我说,原来的乡村生活,我们一生的命运是可以预知的。无非娶妻生子,顶多日子过得比别人富足一点。而打工生活,让我的命运充满了未知。感谢打工生活,感谢苦难,它们是我人生的磨刀石,磨砺着我,并给了我人生更多的可能性。

这话显得有点冠冕堂皇,但实出自我的真心。

2007年,我写了《国家订单》这篇小说,写到了主人公小老板离家时的情形,有过这样的一段描写:他背着一个破蛇皮袋离开故乡。那是一个清晨,天刚蒙蒙亮,初春的风,吹在脸上,像小刀子在割。路两边,都是湖,湖睡在梦中,那么宁静,他的脚步声,惊醒了狗子,狗子就叫了起来,狗子一叫,公鸡也开始叫,村庄起伏着一片鸡犬之声。

《人民文学》的编辑老师在编者留言中说:这是一个典型的中国情

景，三十年来，无数的中国人在这样的清晨离开了他们的村庄，怀着对外面的广大世界的梦想开始漂泊与劳作，他们是中国奇迹的创造者，他们使中国成为世界工厂，使中国制造遍布世界的各个角落。与此同时，他们也在创造着自身的生活和命运，他们梦想着奇迹，而前所未有的机会与自由在这个时代正向人们敞开。

是的，一个前所未有的时代在向人们敞开。我们将获得更多的机会与可能性。可是当我回望过去，把记忆回溯到1993年春天的时候，当初的我，对这一切都是未知的。我当初出门的梦想是多么简单啊：

打工，挣钱，回家盖房子。

我长大了，我要接过父亲手中的接力棒，我要继续盖房子。有了安居的房子，才算是有了一个家，其他的，则不那么明了。我怎么也不会想到，许多年后，那个背着蛇皮袋，在清晨的鸡叫声中离开家乡的少年，会像一粒种子，被风吹到遥远的岭南，在这片肥沃的土地上，寻了块地方，把自己并不坚实的根扎了下去。而那家，他再也回不去了。湖北石首，成了他记忆中的故乡。

这是一个多么漫长的过程啊！十五年，人生有几个十五年呢。

当少年的我进入了中年，当我也为人父，当我的生命快要走到母亲离开这个世界的年龄时，当年梦想着挣钱回家盖房子的少年已忘却了最初的梦想，在异乡坚韧地生存着，心却早已满是沧桑。前不久，我在北京鲁院文学院就读，有朋友从远方发来短信，问我近来过得怎样，我回了四个字——满目沧桑。这个看似不通的词，是我心境最为真实的

写照。

打工生活，从我踏上异乡的土地开始，便一日日露出了它的狰狞。那一段漂流的日子，我已在散文中多次书写过，这里无意再去渲染。因我受的苦，是我们整整一代人所受，于我，并没有特别之处。很长一段时间，打工的我，只是在养活自己，根本没有能力节余一点钱寄回家。我以为我接过了父亲的接力棒，可是我错了。在我出门打工后不久，荆南的梅雨如期而至。父亲和母亲在十多年前建起的家，走到了它生命的尽头，再多的撑子，也无法再继续支撑这个家了。外面下大雨，家里就下中雨，房子随时都有可能倒塌。没有办法，父亲被逼上了绝路——重新盖房子。没有钱，借钱也要重新盖房子。

哥哥给我写信，说家里要盖房子了，要我在外面节约一点，不要大手大脚乱花钱，能省一点就省一点，寄点钱回家帮帮父亲。那时我一个月的工资是一百多块，不包生活。三个月后，才增加到两百块。一个月来下，我根本省不下钱。我帮不到父亲。我没能接过这一棒。父亲给我写信，父亲的信写得很简单，说要盖房子了，今年你回家，可以住上新房子。说家里一切都好，勿念。父亲还在信中写了一首“诗”。父亲在那一封信里没有提他的困难，没有问我要钱，只是告诉儿子如何做人，如何不能低下自己的头。

孝儿武汉去打工。

出门在外处处难。

我儿人穷志不短，

泰山顶上一青松。

父亲是个倔犟的人，他一辈子没有低下过头，无论面对苦难还是权势。记得我读初中时，父亲因为不满当时交粮打白条，带头抗粮不交，深更半夜被捆走，父亲也没有低下过头。然而，就在我动笔写这篇文字的时候，父亲给我打电话，劝我把脾气改一改，说他这一辈子，硬骨头，吃过不少亏，让我不要学他。我苦涩一笑，血脉里的东西，是改不掉的。我为有这样硬骨头的父亲自豪，也为继承了父亲的硬骨头而自豪。

1993年，父亲终于又盖起了新房子。

这次盖房子，我当了逃兵，我甚至不知道，这房子是如何盖起来的。我只在那年年底，给家里寄了六百块钱。而这一年，我认识了小平，一个后来成为我妻子，并将和我度过风雨一生的女人。

父亲在信中说，盖了新房子，你带小平回家，不至于太丢人。

1994年春节，我们从千里之外赶回家，车到镇上已是深夜。那晚下很大的雨，一路泥泞。我们背着大包小包，步行八公里，从镇上走回家。在黑暗中，我们高一脚低一脚，泥一身水一身。只有一个信念，回家。我是多么急于看到父亲盖起的新家啊！

转过一座小山包，远远地，我看见了在我梦中出现过无数次的新家。

粉墙，黑瓦，电灯光从瓦缝里透出来，染亮了半边天。一切都是那

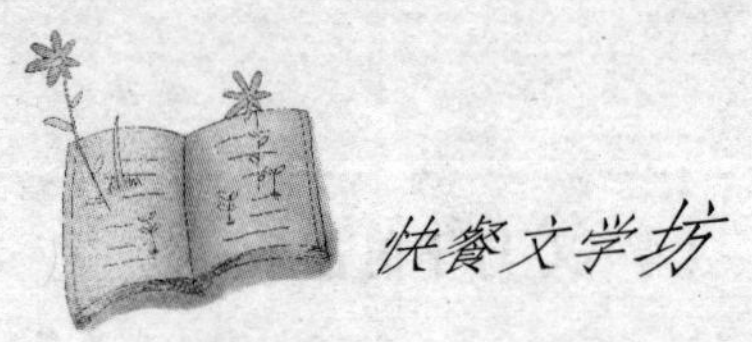

么陌生，房子新得晃眼。

父亲终于完成了他的心愿，建成了一个新家。这是我长这么大，住得最温暖的家。但我在家里，只住了几天就走了，后来也很少回去。事实上，父亲建起了新家，但新家在后来的岁月中，却被闲置了起来，这是父亲没有想到的。

那天晚上，围着火炉，父亲的脸上一直荡漾着笑。

父亲说，我把新家建起来了，你们也都大了，等你结了婚，你妹出了嫁，我的任务也就完成啦，我就可以给你妈一个交代了。

在炉火边，大哥说了一句话，我一直记得。大哥说，建这新家，父亲吃苦了，在竹林里住了两个月。那一段时间天天下雨。父亲的旧病又犯了，昏死过去好几次。

父亲从来没有在信中对我说起过这些。听大哥说这些，父亲无语，用火钳挟起一块炭火，点烟。父亲吸着烟，明灭的火光，把父亲的脸映得很红。

我发现，父亲老了许多。

父亲真的老了，一向不苟言笑的父亲，话多了起来，眉眼里多了许多慈祥，他开始离不开我们这些孩子们。每年，父亲最快乐的时光，大抵就是过年。过年，分散在五湖四海的孩子们，会候鸟一样的飞回家，在家里作短暂停留，春节一过，又都飞走了。留下父亲，孤独地生活。可能是实在孤独了，又没有人可以倾诉，父亲才用写诗来排遣心中的寂寞的，只读过两个半年书的父亲，把他的诗刻在房子周围的竹上。

童　歌

一人在家苦闷头，
无事出门漫步游。
耳闻邻居童歌颂，
进出只有锁相逢。

这首诗，就是我无意从屋后的竹子上发现的。

父亲是孤独的。晚年的父亲，尤其孤独。只有孤独的父亲，才能体味到"进出只有锁相逢"的人生况味。有一次，父亲在给我的信中写道，你们有空回家来看看吧，我有五个孩子，可是现在，一个也不在身边，只有我，守着一间空空的房子。

空空的房子。

这是父亲半生的心血，是父亲对母亲许下的誓言，也是父亲的骄傲。

1998年，我也成了父亲。那时，我已在外漂泊多年。我累了，想有个家，想安顿下来。我把打工的一点积蓄都用来回家发展养殖业。事实证明，经过这么多年的磨炼，我依然不是个好农民。养殖业让我花光了打工多年的一点积蓄，还欠了一身的债。我知道，接下来的，将是更长久的漂泊。命运让我再一次来到了南方。可能也是血脉里与生俱来的东

西吧，父亲在孤独时用诗来排遣心中的寂寞，孤独的我，做出了和父亲相同的选择，开始把心交给文字，并一不小心，走上了文学这条路。

2000年，我进了一家杂志社当编辑。把妻子与女儿接到深圳，从此开始了长达数年的租房生涯。从2000年到2007年，我们一直在搬家，先后在宝安的4区、19区、31区居住过，我们的家是流动的。但没有真正属于自己的家。单单只是在31区，我们就搬过四次家。每一次搬家，都是有着不得已的理由。有一个老深圳对我说，在深圳，要搬上十次家，才能成为一个真正的深圳人。可我搬了十一次家了，还是没有成为深圳人。七年里，我和妻子想得最多的，便是拥有自己的房子。当然，最好是在城里安下家来，把双方的父母都接到身边，让他们安享晚年。事实证明，这样的梦想太过天真。在深圳安家，是个遥不可及的梦。不知不觉间，我的人生，走上了一条和父亲一样的路，为了房子而奋斗。我努力写作，像父亲精心侍弄庄稼一样。春种夏长，秋收冬藏，我也渴望着一年有个好收成。我想象着，在电脑上敲出的，是构成我未来之家的一砖一瓦。我像父亲一年一年积累砖瓦与檩子一样，在积累着我的地板、窗子……

当然也很疲倦。身累，心也累。不止一次，我对妻说，算了，我们回家吧。

妻说，回家，你还有家可回吗？

是啊，我已无家可回。

回到南湖村？生我养我的地方。可是说实话，我不太喜欢我们那个地方。故乡，早已不是我记忆中淳朴的乡村，我甚至害怕回家。一个打工者灰溜溜回家，总会有人投来鄙夷的目光。我怕老乡们问我这些年在外面挣了几百万。我说我一个打工仔，哪里能挣几百万，几万都没有。老乡就盯着我，像看一个怪物。不是说你当作家了吗？我说，我是那种很穷的作家。老乡就叹口气，都说你聪明，怎么混得……大有哀我不幸、怒我不争的意味。不想回家，也不单因为这些。多年前，我的户口转到了广州增城，家里已没了我的土地，而事实也已证明，我不是个合格的农民。回到农村，我能养活一家老小吗？

我无家可回，还有另一层的原因。这些年来，我们兄妹都在外打工。父亲留在家里，帮哥哥照看房子，父亲亲手盖起的房子就闲置了。闲置久了，房子很快破败，早已无法居住。家的周围，早已长满了蒿草。当真是“黄芦苦竹绕宅生”。不仅是绕宅，当年父母亲手植的竹，如今已开始坚强地向房子里挺进。竹鞭把水泥地板顶得七拱八翘。我住的房间里，甚至长了两株碗口粗的竹子。父亲依然是孤独的。有时，他会回到这闲置的房子里看一看，打扫一下，会在新长的竹子上，刻下他的诗：

一日失妻一日深，
好比孤鸟宿寒林。
虽然儿媳孙外满，
自有苦难一本经。

看过一篇文章,不记得内容了,却记得一个标题——《所有人的故乡都在沦陷》。我的故乡也在沦陷。

我的故乡,我已回不去。是故乡已经沦陷,还是我已改变?

我也曾对妻说,要不我们回襄樊吧?那是妻的故乡,是我女儿出生的地方。

妻似乎也觉得这是个可以回去的地方。上网查询襄樊的房价,不查不要紧,一查,心都凉透了——我们这些年的积蓄,离在襄樊买房还差太远太远。

我说要不去增城吧,我的户口不是在增城么,听说那里的二手房不贵,而且那里的环境很好,适合写作者居住。一打听,二手房也让我望而却步。

杜甫在《茅屋为秋风所破歌》中曾发出美好的愿望:安得广厦千万间,大庇天下寒士俱欢颜,风雨不动安如山。现在,杜甫的前一个愿望是实现了,在中国的大地上,广厦何止千万间。但别说寒士,大多数的工薪家庭,都只有望房兴叹了。我在深圳宝安三十一区的亲嘴楼里住了五年。关于那阴暗潮湿的,没有阳光的房子,我曾在散文《声音》的结尾写道:"关于31区,可说的还有很多,比如那些灯光暧昧的发廊,比如蹲在菜场门口卖菜的那些七八岁的孩子们,比如这里曲折的巷子,这里的阳光、雨水。还有,在这里来来往往的,我的朋友们。我从不掩饰我对31区的喜欢,就像我也不想掩饰,我渴望着早一点搬离31区,拥有一个属于自己的，安静、舒适的家一样。”可是我知道，这渴望，离我是那么遥远。每年年底，我都会检点一下一年的收成，写了多少字，发表了多少，挣了多少稿费，我一笔笔都记着账，就像许多年前，我的父亲睡在床上，用算盘盘算着未来的房子一样。

有时也想，我是不是太不知足了，在别人的城市生存就不错了，居然还梦想着在这里安家。要知道，我只是一个飘荡在城乡之间的离魂，我离开了乡村，却无法进入城市。

没有想到的是，我的安家梦想，会实现得如此突然，生活再一次给了我突然的惊喜。偶然的机会，我听说在珠三角的某个小镇，八万元就能买到一套房子，而且还是没有人住过的二手房。八万元，正好是我能付得起的价钱。去看时才知道，八万元差不多是过去时了，一般的房子都要十一二万。看了一天的房，终于看见了一间只要八万五千元的。我差不多没有多想，就是它了。至于地理位置，房子结构，生活是否方便，等等一切，我都不想去考虑。太想拥有个自己的家了，我别无选择。

事实证明，我也犯了和父母亲当初建房时一样的错误。匆忙的决定，留下了许多后遗症，比如房子离公路太近，吵；比如住在八楼，没有电梯；比如房梁有裂缝；比如屋顶漏雨，要找人修补……亲友伸出了援助的手，我借到了一笔可以装修的钱。经过一个多月的装修，房子焕然一新。装修是我自己动手设计的。亲人、朋友们看了，都说不错，很有味道。

我一直想写一写那些为我装修房子的工人。他们的勤劳，他们的朴素，还有，他们小小的心机。我曾在手机中记下他们的名字：李包工、黄泥水、胡橱柜、张油漆、肖地板……请原谅我这样称呼他们，因为大多数装修工，我只记得他们的姓和职业。李包工是位打工诗人。我把房子交给打工诗人，我相信，搞文学的人，总会比做生意的可靠。李包工对诗歌的热情远远大于对装修的热情，他能以每天两首诗的速度写成新的诗作向我“请教”，却没有把太多心思花在装修上。最后，李包工丢下了一个烂摊子，我只好自己去找黄泥水做屋顶的防水，让张油漆做门窗和楼梯的油漆，请肖地板安装地板。那段时间，我当真是被弄得焦头烂额。朋友老杨给我电话，问我装修做得怎么样了。我对他诉苦，他笑，说人生三大苦事：高考、离婚、搞装修。房子终于是装修好了。妻儿第一次见，都兴奋得尖叫了起来。然后是买家具，再然后等女儿结束在宝安的一学期。2007年底，搬进新家。打开家门，我的心一下子就沉到了底，李包工为我留下的后遗症开始发作了。房子顶上的天花板掉下了一大块。细看，所有的房顶都起了裂纹。于是请来了张油漆，花了一个星期的时间，把家里的家具一一挪开，把房顶铲掉重新做一遍。接下来，一家人，才真正入住。入住那天，买了一点菜，在新房里，我和妻还喝了一点酒。这是我们自己的新家，简朴，但终归是自己的家呀。李包工知道我的房顶出了问题，给我发来短信，说十月你是个好人，我要为你写一首诗。我笑了，也原谅了他。

终于有了自己的家，搬进新家了，给父亲电话，让父亲来这边过年。父亲很高兴，早早地称了几十斤鱼，几十斤肉，晒制好了腊肉腊鱼。可就在父亲要出发的前两天，他精心晒制的鱼肉被人偷走了。记忆中，荆南农村当真是路不拾遗的。那时晒腊鱼腊肉，晚上不用收进家，除非下雨下雪。只有白天经过太阳，夜晚又经过露水和冰霜，晒出的腊肉才香。父亲来电话，说不过来过年了，鱼和肉都没有了。我说我们盼的是您来过年，又不是盼着鱼和肉，可是父亲固执地要给我们带来腊鱼腊肉。他又去买来鱼和肉，再次晒制好了。这一次，他把腊鱼腊肉晒在了哥哥家的楼顶上。父亲要来南方了，却又遇上南方百年难见的冰灾。

天天盼着，盼着，路一直没有通，终于，新的一年来了，父亲还是没能来。

入住那天，站在属于自己的阳台上，望着窗外远处的山，和山下连绵的城，我的思绪又回到了十五年前离家的那个清晨。十五年，多么漫长，多么短暂。然而，另外的一幕，把我拉回了现实。窗外的国道上，出现了一群身着工衣的打工者，他们渐渐聚集在路中间，把国道堵死。我太熟悉这样的场景了，不用问就知道，要过年了，准是哪家工厂欠了工人工资，而工人讨薪无果，不得已，走上公路。很快，公路上的汽车排成了长龙。警察来了，警笛呜呜尖叫。我的心像被针扎一样，痛。

女儿问：爸爸，她们堵住路干吗？

我答：快过年了，那些叔叔阿姨拿不到工钱。

女儿问：爸爸，他们为什么拿不到钱？

我答：老板拖着不给。

女儿问：老板不发工资，他们为什么要站到路上来。

我一时不知如何回答女儿,这是个很复杂的问题。我只好摸着女儿的头,说:孩子,你是幸福的。

女儿说:警察来了,他们能要到钱了。

我说:但愿如此。

天渐渐就黑下来,城市亮起了灯。那些堵在路上的打工者也渐渐散去,不知他们要到了工资没有。但愿他们,在异乡能过一个平安年。更愿他们每个人,都能有着自己温暖的家。

关 卡

1. 关

南头关是一道无法逾越的障碍,他横亘在城乡之间,把我的世界一分为二。

我对特区的了解始于南头关。早在20世纪80年代末,我和村里的几个同龄人初中毕业了,在家无所适从,感觉乡村生活像一个密不透风的闷铁罐,我们在铁罐里瞎折腾,乱捣蛋,然而我们的力量太渺小了,无法打破那坚固的铁罐,连在铁罐子里的呐喊声也是那么的微弱,于是几个人一商量,决定逃离乡村,去闯深圳。当我们凑齐了路费时才知道,要进入特区必须要过南头关。过南头关的合法途径,是获得一张边境证。

80年代末期,一个农民要想获得一张边境证,是件很困难的事情。一群乡村叛逆的青年想要获得边境证,更是难上加难。别的地方如何不得而知,总之在我们那儿,你必须要用一系列红色公章来证明你的清白，从村治保主任到村委、从乡政府到镇派出所，一道道怀疑与审视的目光，像刀子样剥下你的骄傲与尊严。特区对怀有梦想进入它的人怀着深深的警戒，所有想进入者先被假定为有罪，你必须拿出充足的证据证明你的无罪与清白。而在当时，我无法证明我的清白，我甚至无法过村治保主任那一关，这使得我的深圳之行推迟了数年，只好退而求其次选择了武汉。当我在武汉打工数年仍一事无成时，我再次想起了特区，于是旧事重演，依旧天真地以为特区可能会是另外的一片天地，在特区，我可能会通过自己的打拼来寻回自己被剥离的尊严。

1995年，我与南头关相遇。

戒备森严的关口，长长的通关人流和车流，闪着凉气的铁丝网，铁丝网外那护城河一样的鸿沟……武警手执大喇叭，驱逐着流连在关口试图蒙混过关的人群。治安员神出鬼没盘查暂住证、清理“三无人员”以缓解关口的压力。我依然没有边境证，除了一张身份证之外，没有什么能证明我是谁，更别说清白。一张从武汉至广州的火车票，成了紧要关头证明我来深不久、还无需办理暂住证的救命稻草。

第一次与南头关的相遇，让我对关内的世界产生了更加浓烈的渴望。而关内的世界，暂时只能存在于想象中，那些想象有关成功，有关金钱，有关自由与尊严。要想获得这一切，首先就是过关。

那时似乎就只有一个发疯的想法：过关，过关，想尽一切办法进入关内。

现在回想起来真是可笑得很，为什么在乡村时，以为只要离开了乡村就能获得想要的一切，而当现实将梦想击碎时，又以为只要到了南方就能实现自己的梦想，真有一天到了南方，又把梦想寄托在进入特区上。我甚至不知道我想要的到底是什么，进关的想法，不过是我为自己找的一个借口。现实太过沉重，沉重得无法面对，我把进关当作了一剂精神鸦片，用来麻醉自己的痛感。画饼充饥，望梅止渴。这就是传说中的希望吧。

有需要就有市场。几乎每个试图进关的人，在通过"正常程序"无法进入特区之后，都会想到其他的"非正常程序"。我之所以把"正常程序"和"非正常程序"打上引号，是因为我觉得这个正常的程序本身就是非正常的，历史和时间会证明它是特定时期的一种非正常手段，而"非正常程序"，却是在所谓"正常程序"逼迫下的一种正常选择。

假证是很容易就买到的，只要你在南头关逗留上十分钟，就会有人装着不经意地走到你身边，然后压低了声音问你一句要不要办假证。那情形很容易让人想起电影中地下工作者的接头。而关口的栏杆上、电线杆上，到处都贴着诸如"东南亚证件中心"之类的广告，这些广告宣称能办理你需要的一切证件，这些证件绝对能够以假乱真，广告上留有电话号码。我一直很疑惑，警察是默许这种职业存在的，如果要打击制假证者，只需要假装买主和他们取得联系，不难顺藤摸瓜找到他们。为了能进关，我抄下过制假证者的电话，也和一个制假证的中年妇女谈过。她声称只要半个小时就可以办好证件，而价钱是五十元一张。我并不怀疑她能为我提供假证，我害怕假证无法蒙混过关。用假证蒙

混过关,如果被查出来,其后果可想而知。关内的生活给了我无限的诱惑,然而我还没有胆大到敢冒这样的险。

许多的人挤在南头关。南头关外的深沟边,横七竖八地躺着我这样的外来者,小小的沁园公园里,也三五成群地挤着渴望进关的人,晚上就在河边露宿。我们像一群鸭子,有治安来时就一哄而散,治安一走,又陆续地聚回来。每天在关口都上演着这样的闹剧。闹剧是一目了然的,而悲剧,却只有当事人清楚。说不清有多少悲剧在南头这小小的关口上演。有人为了过关被制假证者抢去所有的钱财,结果不得不流落街头,或是被当"三无"人员收容;女性因此被劫财劫色,这样的报导也时常见诸报端,更有甚者因此而付出了生命的代价。我们就像是一群飞蛾,而关于关内生活的想象,就是那吸引飞蛾的火把。当年也有"有识之士"对我们这种行为进行谴责,认为这是咎由自取。更有甚者,将社会治安不好之类的城市治理中的问题,都归结为我们这些外来者的素质低下。

谁也无权指责我们这种行为,谁都有过上幸福生活的权利。

我第一次进入南头关,走的也是"非正常途径"。其时我已在关外松岗的一家织造厂当杂工,每天早晨七点开工,工作到凌晨一点,有时更晚,月薪一百八,生活每餐都是空心菜。就是这样的工作,也不敢轻易放弃。而关内的生活,像梦想世界一样在打工者中流传:

关内管得很正规,严格执行着最低工资标准,加班有时间限定……

对于当时我这样的打工者来说,关内无异于天堂。我的许多工友,都和我一样梦想着进关。有工友托关系办好了边境证，离开工厂时都会接受工友们衷心的祝福和羡慕。就在此时，武汉的一位老师告诉我，他有个同学在蛇口四海工业区的某服装厂当厂长，老师让我去找他同学。这个信息激发了我更加强烈的进关梦。当我再一次在关口徘徊，希望找到进关机会时，机会找到了我。冒险花了五十元钱，躲在一辆私家车的后备箱里，我终于进了关。现在已无法说清当时躲在后备箱里的紧张心情了，本以为从关外到关内，汽车一启动就过去了，然而事情并非如此简单，在交了五十元钱之后，司机把我拉到了离关口很远的偏僻处，把我塞进了后备箱中，又在我身上盖了一张大的海绵。司机交代千万不要动，不要弄出声响。蜷在车后面，感觉着车走一走、停一停，再走一走、停一停……蜗牛一样，经过了足足有半个小时，汽车终于顺畅地跑了起来，我知道，我这是过关了。

终于进关了。关内关外区别是很明显的，街道更宽阔，楼房更高，绿化更好，而我更加茫然、孤独、渺小、无助。转坐了几趟公共汽车，终于找到四海工业区的那间工厂，也见到了我老师的同学，然而，老师的同学只说了一句“现在不招人”，就把我打发了出来。梦想实现得快，破灭得更快。在关内坚持了几天之后，我落荒而逃。

现在，进关的手续简单多了，凭身份证就可过关。拆除关口的呼声也越来越高，南头关已完成了他的历史使命。许多打工者悲伤的故事已成了如烟往事，是那么的无足轻重。除了当事人，没有谁会记起在这关口曾经发生过一些什么。每次要去市内办事，经过南头关时，我都会

想一些关于南头关的问题。我们为什么要进关？这个问题和鸡为什么要过马路一样难于回答。现在，我终于可以自由进关了，然而我却选择暂居关外，无事也不会进关。我对关内的生活不再抱有任何梦想，进关也不再是我的精神鸦片。这样说准确吗？无意之中，是否我又为自己设立了另一道关卡呢？我的身体跨过了这道关口，我的灵魂呢？我的灵魂依然徘徊在关外，就像我的身体进入了城市，而我的灵魂却无家可归，只能在城市和乡村之间游走、飘荡。

南头关的拆除是迟早的事。我倒有一个想法：南头关作为中国改革开放最有标志性的建筑，应该把它保留下来，将来在这里建一个"打工博物馆"，让它储存一代人的记忆，见证中国近三十年的历史。我把这个想法对一些打过工的朋友们说了，朋友们都很兴奋，很激动，也鼓励我为此而奔走。南头关对于我们这些打工者来说，承载了太多的屈辱与泪水，希望与失望。

这些年来，关于打工，关于底层，渐渐成为一个热门话题。有人说，底层民众是沉默的大多数，他们无法发出自己的声音，于是，形形色色的自告奋勇的底层代言人出现了，他们站在时代的风口浪尖为底层呼喊、代言。可是他们却没有去问过被代言的那沉默的大多数，我们是否需要这样的代言，这样的代言，是代言了我们的心声，还是代言者自己的声音。不妨仔细思量一下代言这个词，代言人是一个商业味很浓的词，没有无缘无故的爱，没有无缘无故的恨，也没有无缘无故的代言，某某品牌的代言人，是要从被代言者那里获得利益的。那么，底层的代言人以什么方式获取他们的利益？这个问题，还是留给那些代言人来回答吧。另外有个词也让我心生疑惑，那就是底层。什么是底层？与底层相对应的是什么，上层？高层？还是？那么，在底层与上层或高层之间，是否也有着一道关？假设有这么一道关，将这两个层或是更多的层分成了不同的世界，就像我当初身处关外，对关内的想象一样，那种想象是不真实的，是一厢情愿的。底层对于上层或高层的生活也只能想象，上层或高层者对于底层的生活，更多也是出于想象。没有身处底层，如何真切体会到这种切肤之痛，这种痛后带给人的麻木？有“层”的存在，就有隔膜存在。每个层与层之间，隔着的正是一道道的南头关。有形的南头关并不难拆除，然而无形的南头关，在可以想见的将来，还将横亘在人们的心中。

2. 卡

从来没有想到，我的生活会与各种各样的卡发生如此紧密的关系：银行卡、会员卡、信用卡、贵宾卡……

也从来没有想过，代表了身份与财富的卡会以这样的方式进入我的生活：不是拥有，而是制造。

打工的很长一段时间，我在一家制卡厂上班。老板是武汉人，人倒是很和气，也承诺工厂做大做强了，会给我们每个员工以发展的空间。

聪明的老板在我们这些天真的员工眼前挂上了一串胡萝卜，又在我们的后面加上了一条大棒，大棒的挥舞者是一位来自福建的厂长。老板和厂长，在我们这些打工者面前分别唱着红脸与白脸。然而唱红脸的老板没有告诉我们，我们从事的工作，是职业病的高发工作，只说工厂发展了，生产环境就会好起来的。唱白脸的厂长，在听我们说到车间里的味道难闻时，用一句南方流行的省骂加上一句“两条腿的蛤蟆不好找，两条腿的人过把抓”，把我们收拾得服服帖帖。

我是作为美工招进厂的，进厂后却因为会调配油墨的颜色而调去了丝印车间。作为一名丝印操作工，我的工作很简单，调出需要的颜色，在PVC片上印刷出各种图案。生产一张卡的工艺是很复杂的，印刷时一种颜色一道工序，印完一道再印下一道，有的卡要印上五六种颜色甚至更多，印好后交到压模车间上磁条、压膜、打凸字号码、烫金、写磁条。一张象征着财富与身份的卡，就这样诞生了。

丝网印刷的工艺就比较简单了，简单到可以不用任何的机械，一张桌子，一块丝网，一把刮刀，如此而已。我们的车间，其实就是一个手工作坊。丝印车间对工具的要求不高，但空气中却不能有灰尘，小小的灰尘沾在丝网或者PVC卡片上，都会造成废品，增加卡的成本。为了控制成本、减少废品，丝印车间的门窗被紧闭了起来，只有一台小小的排风扇缓缓地对排着空气。稀释油墨、清洗丝网刷，没有一样少得了天那水。手上沾满了油墨，也只能拿天那水来洗。不管怎么小心，衣服上总会沾上油墨，而天那水成了洗衣用的清洁剂。印刷车间里弥漫着刺鼻的天那水气味，苯已深入到了我的身体里，融入血液中，成为我们身体的一部分。无论走到哪里，别人都能从我身体里弥漫出来的刺鼻气味判断出我的职业，甚至在离开工厂一年后，我的身体里还散发着天那水的味道。

每天的工作就是这样重复不变，周而复始，这是我离开农村之后学的第一门技术。在家里，老人总是告诉我们，“学好一技之长，走到哪里都不怕”，事实也正是如此。没想到少年时的画家梦之花，却结出了丝印工之果。

丝印技术伴随了我十年的打工生涯，十年中所有的选择，几乎都没有离开这个行当，总是和天那水、油墨打着交道：调色工、丝印工、晒版工，甚至当生产主管，也还是丝印车间的生产主管……直到有一天，我得知长期和这些含苯极高的化学品接触容易中毒时，才意识到这个职业的危险。强烈的逃离工厂的愿望，迫使我做出学习的努力。我希望能在丝印之外，寻找到另外能养家糊口的技能。这一愿望后来终于实现了，我的生活已不再和天那水有关。

2002年，我在一家打工刊物当记者，做过一期名为《倾听生命凋谢的声音——走近广东职业病患者》的专题。直到那时，我才知道重度苯中毒会直接引起严重再生障碍性贫血。现在写作这篇散文时，我找出了那一期的刊物，读着自己写下的那些文字，心情依然不能平静。那远离了的制卡厂的生活也渐渐清晰了起来。我在那篇专题中写道：

据悉，广东省接触职业类危害因素人数约1000万。1989年至2001年，全省共报告职业病4848例，其中新发尘肺病2486例，尘肺病死亡1160例；急慢性职业中毒1656例，死亡107例。职业病，这一吞噬劳动者生命的无形杀手，正一步步紧逼劳动者……

《人民日报》上有一篇时评——《比苯更可怕的是………》，时评说："苯"是一种化工原料，对人体有害，但毕竟可以采取措施避免或减少它对人体的伤害。然而，比"苯"更可怕的是那些要钱不顾人命的个体不良老板和少数官僚的冷漠之心……

我庆幸我离开了苯的威胁。然而，现在我们的生活越来越离不开卡了，这就意味着，有越来越多的打工者，他们的身体处于这种威胁之中。各种各样的卡，方便着我们的生活，可是当你拿着贵宾卡在星级酒店消费的时候，当你拿着高尔夫球会的会员卡去那如茵的碧草上打着优雅的高尔夫时……有谁会想到，这一张张小小的卡片背后，会有着怎样的付出。没有人会想到这些，就像人们吃饭时，不会去想到农民种粮的辛苦，就像当你住进高楼的时候，不会想起那些修建高楼的建筑工人，没有人会想起。

有些卡是我们生产出来供人使用的，而另一些卡，却是工厂为我们设计准备的。相比我们生产的这些卡，后者对我的生活影响更大、更深远、更深入骨髓、也更冰冷无情。

比如在上下班时打卡，你的上班和下班的时间，被打卡机精确到了秒。打卡机的精确，把人变成了流水线上的一台机器，你无处可逃。我听说过有些厂里，让其他工人代为打一下卡，也是无可无不可的。但在我打过工的几家工厂，你最好还是打消这种想法，打卡时都有保安站在旁边盯着，卡一打完后就收了起来。

打卡对于现代化的企业管理来说，虽说显得冰冷了一些，不那么有人情味，但它为企业管理带来了许多的便利。比如说结算工资，特别是加班工资的结算，更加是一目了然。然而事情并非如此，以我在松岗打工的那家厂为例，我们在上下班自己打一张卡，而保安再代打另一张卡。在保安代劳的这张卡上，上下班时间，加班时间，将会控制在《劳动法》允许的范围。这张卡专门用来应付劳动部门的检查。相应的，工资卡也有两份，一份是真实的工资，一份是假的工资。

还有一种离位卡，对工厂生活陌生的人来说，可能无法想象工厂里还需要这样的卡。离位卡就是一张名片大小的卡片，正面有员工工号、车间、姓名等等。背面有一张表，有离位时间，归位时间，拉长签名。每月月底，此卡同饭卡、考勤卡一起上缴到财务，结算工资时作为凭证。上班时间，员工离位，比如去上一下卫生间，必需佩戴离位卡，归位时离位卡交由拉长签字。员工每月离位次数是有明确限制的。这种限制因厂而异，有的工厂比较人性化，有的工厂则会比较苛刻。离位卡把每位员工上卫生间的次数也精确到了分钟，你必须学会合理的安排，分配每个月有限的上卫生间的次数和时间，就像你必须学会合理的使用每个月挣来的那一点工资一样。

上下班的时候，我们的胸口会挂着厂牌——又称为工卡。这是你在这间厂里务工的证明，也是你领取工资和去食堂打饭的证明。进入饭堂，拿卡在通道口的红外感应器上刷一下，你才能进入饭堂，拿工资更是少不了它。有的工厂，进入宿舍还会有另外的一张卡。在珠三角的工厂里，这些卡把工人的生活卡死在一定的程序之内。进入了工厂，你叫什么名字并不重要，能证明你身份的已不再是你的名字，不再是你的那张脸，而是进厂时办理的这张卡。把卡丢掉了，就意味着把你自己丢掉。机器不会分别你是谁，电脑只认写在磁卡上的信息。而人在冰冷的机器面前，也渐渐变得和机器一样冷漠了起来。有一位工友不小心把工卡和身份证弄丢了，结果，上班时厂门口的保安不让她进厂，保安认卡不认人，她因旷工被工厂炒了鱿鱼。我后来以她为原型写过一篇名叫《厂牌》的小说。在我的小说中，她因为失去了可以证明她是谁的卡片，陷入了极度恐慌与迷茫之中，她必须要一张卡片来证明她是谁，于是借了别人的身份证，她变成了另外一个人，后来她自己也不知道自己到底是谁了。

当人的情感与身体被剥离，当工厂里需要的是一个个没有思想的人肉机器，当这些机器被一组工卡上的数字代表着，当我是谁要用一张卡来证明时，我们依然选择了习惯、麻木、沉默，我们也渐渐认可了这种生活，习惯了这种情感与身体的剥离。仿佛这一切都是正常的，我们很少有人去想过这种生活背后的不合理。然而依然是有痛的，只是这种痛被隐忍，被压抑。这样想来，我们真的是那沉默的大多数。

我从来没想过拥有我制出来的卡，我对卡有一种天生的麻木。在银行取钱时，我宁愿去银行排队，也不敢用卡去自动取款机取款。而事实上，卡却已走进了我的生活。写到这里时，我拿出了钱包，清点里面的卡，我的包里居然也有七张卡：

第二代身份证、广东省作协会员证、宝安图书馆借书证、三味书屋VIP贵宾卡、书生网作者卡、深圳购书中心会员卡、邮政储蓄卡。

我没想到我会有这么多的卡，清点的结果让我感到惶恐不安，空气中又开始弥漫着天那水的味道。

制卡厂的那段经验已很苍白，我的想象因此而失血，我已无法想象我手中的这些卡是在怎样的环境里生产出来的。我无法想象这每一张卡的背后，有着怎样不为人知的故事。

关与卡。我打工生涯中的两个结，像两个寓言与象征。如果说关是打工者内心深处的一道伤口，每一次揭开都会撕心裂肺，那么卡则是一块块弹片，深入我们的肉、我们的骨。天阴下雨的时候，它们就会在体内躁动不安，会隐隐作痛。而这种痛，将终其一生。

声　音

咪檔呐。买咪檔。

靓(读平声)分~~靓分~~

都发~~都发~~靓分都发~~

遥控器呀,彩电空调遥控器呀!

鸡肝~~鸡肝~~~

……

在31区,最先醒来的,是那些小贩的叫卖声。这些从五湖四海来到深圳的异乡人,用各种各样稀奇古怪的叫卖声,叫醒了31区的黎明,就像在我的故乡,每天清晨那些在树林子里跳跃的鸟声。说他们的叫卖声稀奇古怪,当真是没有丝毫夸张的。

咪檔是什么东西?第一次听到这样的叫声,已是两年前的事了。到如今,我一直没能弄明白,这个女人叫卖的是什么东西。有一次,我听见了叫声,跑下楼去,想看一看这个女人到底卖的是什么,对于一个写作者来说，这些都是生活的细节和素材，可是等我跑下楼，女人已挑着担子走远了。我只看到了她的背影，瘦瘦小小的，戴着一个尖顶的帽子，肩上一根细小的扁担，两边一闪一闪地跳跃着两只小木桶。看着女人远去的背影，我突然又不想弄清楚她到底是卖的什么东西了。后来，我经常在巷子里遇见这个女人，她挑着担子走路的样子，让我想起了汪曾祺老先生在《大淖纪事》里的一段描写：

这里的姑娘媳妇也都能挑……挑鲜货是她们的专业。大概是觉得这种水淋淋的东西对女人更相宜，男人们是不屑于去挑的。这些“女将”都生得颀长俊俏，浓黑的头发上涂了很多梳头油……一二十个姑娘媳妇，挑着一担担紫红的荸荠、碧绿的菱角、雪白的连枝藕，走成一长串，风摆柳似的嚓嚓地走过，好看得很！

把31区和汪先生的大淖联系在一起，实在是没有理由的，可是我却经常会这样想。可能是因为我太喜爱汪先生文字的缘故吧。记得有一次读到白连春的小说《我爱北京》，里面写到“我”在蒲黄榆附近收破烂，身上挂着一个纸牌，上书“我爱汪曾祺”几个大字。于是有一天，“我”真的遇上了汪曾祺老先生，“你爱汪曾祺？汪曾祺问我。他的脸上堆满了疲惫但是慈爱的笑容。”读到这里时，我的泪水一下子就出来了。我一直把这个细节当成是白连春和汪先生的真实相遇，虽然我知道，《我爱北京》是篇小说。汪先生的文字，我是常读的，有些篇章，读了不下数十遍。我有一本

《汪曾祺自选集》，是漓江出版社出版的，隔一段时间，我会拿出来重读一次。能见到汪先生，曾经是我的梦想，可惜老先生走了，不然我也想去蒲黄榆附近捡破烂，不为别的，只为见一见我极喜爱的作家。

然而，咪楢是什么东西，我终于没有弄明白，这两个字到底该怎么写，我也没有弄明白，我故意没有去弄明白，这样，我可以把它想象成汪先生笔下的红菱、荸荠、连枝藕，可以把31区想象成大淖。

“靓分”之谜，是我的女儿揭开的。女儿两岁多就来到深圳，在31区的亲嘴楼里长大，现在已八岁了。在女儿的眼里，深圳就等于31区，就等于家；在女儿的眼里，她就是深圳人。

女儿在31区读幼儿园，读学前班，读小学。女儿读书成绩不错，是学校红领巾广播站的播音员，还是班上的班干部。女儿不想当班干部，她说当干部太累，她想当一名伟大的画家。女儿从两岁起开始涂鸦，从来没有人教她该怎么画，我不想用大人的眼光来抹杀她儿童的天真。至于将来她长大之后做什么，也不是我能干涉的事情。我一直觉得，女儿在31区的外来工子弟学校读书，也很好，条件比我们老家好多了，比我少时要好多了。可是我妻子却希望将女儿转到31区之外的公办学校读书。妻子的理由是，外来工子弟学校的老师流动性很大，而且教师水平也的确有限，我一直不置可否。有一次，妻子生气地拿着一本女儿的作业本摔给我看，我说什么事嘛，气成这样。妻子说，你看看你女儿的作业。我翻开女儿的作业，说，写得不错嘛。妻子说，你看看这里。于是，我看到了女儿做的一道填空题，(——)的田野，女儿填的是“希望”的田野，却被老师打了红，并“更正”为“大大的田野”。妻子说，你在宝安认识那么多的人，你去求求别人吧，帮女儿转个学校。我说那我试试看吧。女儿听说了，高兴得不行，她早就羡慕着公办学校那宽阔的操场了。然而我的面子真的是很有限的，结果是学校拒绝了我的请求。女儿听说之后很失望，问我：

“爸爸，为什么我不能上好学校？”

“因为我们不是深圳人。”

“我一直都住在深圳，我为什么不是深圳人？”

“因为我们没有深圳户口。”

“户口是个什么东西？”

我无法对一个八岁的孩子解释清楚她为什么在深圳长大却不是深圳人这个复杂的问题，就像我无法想通，我是中国人，为何还要在中国的土地上暂住一样。那一次，我对女儿发了火。女儿很懂事，再也不提要转学的事了。当楼下飘来了“靓分，都发靓分”的叫卖声时，女儿说，爸爸，我想吃凉粉。我这才明白，靓分原来是凉粉。不过我觉得靓分叫起来更加好听，两个平声，叫起来飘飘的，绵绵的，妩媚，诱人，有着一种说不清道不明的风情。这风情与怀旧无关，与思乡无关。也是在这一天，我还弄清楚了，“都发”原来是豆腐花。一直没有弄明白的是，这个卖“靓分都发”的女人，老家是哪里的，不过肯定是南方，只有南方的方言才会这样的轻柔好听。南方的人，性格更加像水，而北方的人则更像是山。南方人说话，曲里拐弯，轻声慢语，听起来很温情，不像那个收废

品的，你走得好好的，冷不丁会听到他扯开嗓子叫一声：收废品！声音仿佛突然从嗓子眼儿里迸出来，又突然消逝了。短，急，干净有力，像极了他们的性格。

在31区流动着很多收废品的，他们差不多都来自河南、安徽。从我的租屋出来，走二十米，有一个十字路口，原来在路口不远处，有一个垃圾站，里面就住着一家河南人。这家的男子，每天骑着一辆破三轮车走街串巷去收破烂，冷不丁地叫一声“收废品”；他的女人，每天都要把每个垃圾桶扒拉一遍，把里面有用的东西捡出来，整理好。他们还有一个小女儿，和我女儿年龄差不多，却还没有上学。我们每天走过垃圾站的时候，都能看见小女孩趴在地上，玩着从垃圾堆里捡来的玩具。孩子的眼里，一样地闪烁着天真与欢乐。她们在这里也住了好几年了，她的女儿刚来到这里时，也才两三岁。她大约也和我的女儿一样，认为自己是深圳人的。垃圾站的一间顶多五六平方的空间，就是他们的家。里面放了一张床，还有一个煤气罐和灶，再就无处插脚了。冬天还好一些，到了夏天，垃圾站散发着浓烈的臭味，离很远就熏得人捂住鼻子，如果遇上梅雨天气，他们几乎就生活在污水之中。他们一家三口，生活得很快乐，我几乎从没有在他们的脸上看到抱怨与不满。想一想，这些来自五湖四海的外乡人，对生活的要求，原来是如此之低。他们这样的生活，是远远谈不上“生活”二字的，只是最基本的生存罢了。有一天，我有一个搞摄影的朋友来31区，和我一起去拍他们的生活，女人很高兴，用手在水里沾湿了，使劲儿地抹着头发，又拿梳子给她的女儿梳头，女儿的头发结成了一团，被梳得尖叫了起来。女人不好意思地笑了笑，大着嗓门说"你叫啥，给你照相哩！"

他们有很多的老乡，和那些老乡比起来，他们算是好的了，有一个垃圾站避风雨，而且垃圾堆里还可以刨出一些东西换钱，他们的那些老乡，一辆三轮车就是他们的家，晚上随便找个地方，在三轮上铺一块板子，就成了床。下雨了，就找个屋檐将就一晚。"比上不足，比下有余。"真说不清这是一种健康的生活心态，还是我们民族的惰性。

终于，城管把这个垃圾站迁走了，大约是在马路边上影响市容吧，那一家三口，也从我们的视线里消失了。每当女儿提出一些超出我们生活标准的要求时，我就会对她说起生活在垃圾站的这一家人，女儿会说，"知道啦，你别说了。"一幅不耐烦的样子。

这些年来，我在31区写作，慢慢的，也有一些志同道合者走在了一起，于是，31区开始被媒体称之为"作家村"。南方的一些媒体开始对我们这个群体进行疯狂的炒作，在很多深圳人的眼里，我们在做一件很了不起的事情。这些宣传，把我们当成了一个精神的堡垒，把我们提高到了一个超出事实的高度。事实上，我只是选择了一份自己的职业，一份自己热爱的职业，我和31区的其他人，和那些叫卖的小贩，和这一家三口，并没有什么区别。我们，都是在生活，如此而已。

我家的电视遥控器坏了，楼下响起了叫卖遥控器的声音，有好几次，我听到声音跑下楼去的时候，他早就走得没影子了，他是骑着自行车的，叫卖也不用自己吆喝，而是录了音，反复地放。还有那些卖蟑螂

药老鼠药的也是这样。他们的录音在31区的巷子里飘荡,31区也因此而鲜活。有一次,我终于追上了那卖遥控器的,我说你跑这么快干嘛?他嘿嘿嘿地笑,并没有回答我的问话,帮我试好了遥控器。

他问我:“你怎么没上班?”

我说:“我不上班,在家里写字。”

他兴奋地说:“你就是那个作家吧,我在电视里见过你,开始还不敢认。真的是你呀!没想到我的遥控器卖给了一个作家。”

我笑着说:“那你是否便宜一点呢?我给你签个名,你给我打个折。”

卖遥控器的抓了抓脑壳,说:“我们的利润很低的,不像你们作家,写一本书出来就发财啦。”

我说:“你看我这家,像发了财的样子么。”

卖遥控器的一脸笑着走了。走到门口还在说:“没想到会见到一个作家。”

卖遥控器的人的情绪感染了我,让我拥有了很好的心情,也让我感受到了我从事的这份职业的尊荣与神圣。

我在31区搬了好几次家,每一次搬家,都会有一些新的邻居。我的第一位邻居是一个阴郁的男人,黑,瘦。他姓什名谁,我无从知晓,也没有想知道。那位邻居每天都要刷上七八次牙,刷完牙阴森森从我门口走过,牙刷和杯子有节奏地敲打七下,怪吓人的。有时,他经过我的门口,会用一种很冷漠的眼光盯上我一眼,我至今还记得,他的目光是飘浮着的，像一个白日梦，于是无端地觉出了一种恐怖。胆小的人被他这样盯上一眼，相信会在夜晚做一些噩梦的。白天尚好，特别是晚上，他那有节奏的敲打声尤其让人觉得胆战心寒。

他是谁？他从哪里来？他从事什么工作？他为什么要不停地刷牙？他用牙刷敲打杯子的声音为什么会给我的心里造成这无端的压力？现在回想起来，也许当时是我太敏感了。当时我刚到宝安，刚刚从一个工厂里的打工仔变成文化单位的打工仔，并拥有了一个记者的身份。那时，我的内心还远远没有现在这样强大，多年打工生活，四处流浪，我习惯了警惕。我曾在很多小说中就我们打工人的心理承受问题进行过描写。有一次，我坐车从石岩回宝城，半途上来四个小年轻，他们的胳膊上都刺着文身。他们一上车，本来都在谈笑风生的乘客们突然就安静了下来，车上的空气像是凝固了。我感受到了所有人的紧张，包括我的紧张。四个小年轻后来在金威啤酒厂下车了，他们一走，车上的空气立刻鲜活了起来，我听见了大口大口的呼吸声。

我的这位邻居大约并不知道，他的存在，对我的心理造成了无形的压力，也让我思索着这种压力成形的内因，后来我以此为基础写了一篇小说。在小说中，牙刷敲打杯子的声音变成了磨刀声。我在小说中写道："在外打工多年，总是在不停地漂泊，从异乡走向异乡，打工人没有家的感觉，也普遍缺少安全感。无论是黑道上的烂仔，还是治安、警察，或是工厂里的老板、管理员，都可以轻易地把挣扎在最底层打工人的梦想击得粉碎，然而正是这么一群最卑微的打工人默默无闻地建设着

这个城市。生命的脆弱与坚韧，在这片土地上是如此的矛盾而又统一。”

看电视节目《狂野周末》，说的是非洲大草原上那些动物们的故事，我突然找到了我们为什么内心如此敏感而又脆弱的答案。那些生活在非洲大草原上的狮子、大象们，它们是草原上的强者，他们从来不用去警惕突如其来的攻击。哪怕一头病入膏肓的狮子，在面对猎狗包围时，依旧是那么从容。而那些弱小的食草动物，总是会练就特别灵敏的触觉，比如瞪羚，它们就能及早发现危险的存在，哪怕是一点风吹草动。

我突然发现，我们这些打工者，其实就是草原上的那些食草动物。

我们行走在外，对周围的事物总是保持着高度的警惕。这种警惕对于动物来说是必要的，可是对于我们人类来说，却是危险的。我们会因为这种高度的警惕而失去对人的信任。我们会过度将自己包裹、封闭起来，从而失去融入社会的机会和能力。于是我们走入了一个恶性循环的怪圈，我们选择了在这个社会的边缘行走。我曾在很多的小说中思考过这个问题。可是，在这里，谁也无权去指责我的打工兄弟姐妹们，我们从乡村来到城市之初，对这个世界其实是充满了渴望、好奇、幻想和信任的。我们来自乡野，踏入城市之初，都有着自然的清新和淳朴。然而当我们经历了一次次的打击之后，我们走向了另一个极端。我们这个群体开始对城市、对陌生人产生了信任危机。这是一种保护自己的本能，是一种自然法则下生成的条件反射，是严酷的现实使得我们这个群体失去了敞开自己内心的勇气。也有幸运者，像一株移植的植物，在城市里顽强地扎根、生长、开花、结果。然而这株植物为了适应另外的环境，必然地改变了自己，成为另一株植物。在外打工，重要的不是如何成功楔入城市，而是以何种面目楔入城市。可是我们大多数人都忽略了前者。我们的体内流动着农民的血液，可是，农民工这个词，在我们听来，却是那么的刺耳，我们渴望获得的其实只是一个平等竞争的权利，这就要求我们的内心首先强大起来。事实上，内心的强大谈何容易。我们在城市里总是活得小心翼翼，廉价挥霍着自己的青春。

有些的邻居，我甚至连面都没有见过，但他们却像楔子一样楔入了我的生活，顽强地将他们的身影插入我的记忆。

在31区西一巷租居的时候，就有这样一位邻居，我一直没有见到过他，但我熟悉他的声音。我的这位邻居大约是一个酒鬼，他经常在半夜三更回家，回家后，就大力地擂门。他每次喝醉了酒，回来都会打他的妻子。我经常在半夜时分被他的打骂声和他妻子的哭嚎声惊醒，醒了就再也睡不着。可是我从来没有去劝过他，也没有去帮助过他的妻子。这样的念头曾经在我的心里出现过，但我终究没能迈出那勇敢的一步，我只是在他妻子的哭嚎声中自责，我的懦弱让我觉得羞愧。我恨我自己，空长了一米七六的个头，空长了一百六十斤的体格，却不敢做一个生活中的强者，只能在文字里对她们给予一些装模作样的同情。每当这样的时候，我会觉出自己的无能。这时我发现，我其实是一只外表强大的食草动物，在我的同类受到攻击时，我除了躲避，别无选择。

曾经，在白天，我见过他的妻子，那个在夜晚哭叫的女人，她长得很

漂亮，一头长发披在肩上，她的形象像一个公司的白领。据房东说，她在一家商场做化妆品推销员。而那个男人，原来并不是她的丈夫，他和她只是同居关系。我所知道的，大约就只有这些。有一次，男人半夜醉酒后回家，女人把门反锁了，不给他开门，于是他就在门外耍起了酒疯，先是大声叫骂，后来用拳头砸门，用脚踢门，弄得一栋楼的人都心惊胆战。后来他开始吼叫着，说再不开门就要杀人了，终于是有人报了警。我从门后面的猫眼里看见警察把那个男人带走了。第二天，那个女人也搬走了，我后来再也没有见到过她。

31区的房子，都是亲嘴楼。所谓亲嘴楼，是形容两幢楼之间距离之近，两幢楼里的人可以亲嘴。亲嘴楼是一个天才的名字，我喜欢这个名字，它使得我朴素的生活凭空多了几许的诗意和浪漫。

在我对面的另一幢楼里，也不停地变换着租居者。有一段时间，里面住了一对小夫妻，他们看上去很亲密。从她们晾在窗台上的衣服可以看出，他们都是在厂里打工的。那些灰色的工衣，对于我来说是再熟悉不过了。我曾经就穿过这样的工衣，而且穿了很多年。灰色工衣是一种身份的象征，但这种身份是很多打工人梦想着抛弃的。很多的人，都在这样的梦想里，将自己的青春染成了工衣的颜色。好在这一对小夫妻，或者也不是夫妻，她和他看上去都还年轻，十几岁的样子，他们在异乡相互温暖着对方。

他们是幸福的，灰色工衣也裹不住他们对幸福的渴望。女孩染着黄色的头发，像一朵开在灰色植物上娇艳的花。我从她的头发里，看到了幸福。每逢周末,他们会在家里度过一个白天,于是我们这一幢楼里就会响起震耳欲聋的音乐声。他们爱听摇滚,而且是崔健的摇滚,这让我对他们的生活充满了敬意和欢喜。他们是快乐的。这种生长在苦难中的快乐,是打工时期最丰满的营养。现在还喜欢崔健的,大约是上世纪60年代或70年代初出生的人,而他们的年龄,本来应该是喜欢周杰伦的。他们把音响的声音开到了最大,这自然会影响到我的写作。因为崔健,我原谅了他们,因为我也喜欢崔健。因为打工,我理解他们,在工厂里经过了一周的压抑,他们的情感需要一个渲泄的出口。

可是有一天,半夜时,房子里突然传来了吵架声,那个女孩拖走了她的皮箱,也拖走了她的幸福。

外面下着初冬的冷雨,女孩衣裳单薄,她的身影很快就离开了我的视线。男人趿着拖鞋追了出去,不知道,他能否抓住他的幸福。

过了几天,对面的房间里换成了一对潮州的夫妇,夫妇俩在市场卖鱼,家里有三个孩子,最大的约八九岁,最小的刚会跑,女人的肚子又鼓了起来,这些孩子都没有上学。大人不在家的时候,孩子们或者坐在窗台上发呆,或者是大的把小的打得哇哇叫。我在楼这边吓唬那个大点的孩子,说你再打你弟弟,我把你抓到派出所去,结果她用很难听的话回骂了我。

有一次,卖鱼的女人在楼下和我妻子说话,她问我妻子有几个小孩,我妻子说就一个女儿。潮州女人说,你要再生一个。我妻说不想再生了。潮州女人说,你们这些外省人,真不知你们怎么想的,年纪轻轻

空着肚子。妻说，生多了养不起，一个小孩，好好供她读书，你看你的小孩，那么大了还不让她去上学，这样是对孩子不负责任。潮州女人自豪地说，我们潮州人不上学也会赚钱。

潮州夫妇住了不到半年，突然又搬走了。这一次对面的房间里住进的是一对夫妇和几位男工。小小的二房一厅，里面拥挤而热闹。男人承包了金绿田超市的菜档，每天很早去批发市场进菜，踩着三轮把菜拉到楼下，满满的一车菜，像一座小山。男人拉回了菜，就站在楼下大声叫喊："阿咪朵，阿咪朵。"男人的叫声强壮而且坚韧，不把楼上的工人叫起来誓不罢休。而楼上的工人们，个个都睡得特别沉，周围几幢楼里的人都被叫醒了，他们却睡得坚韧不拔，将鼾声打得不屈不挠。我知道，这些工人们是太累了，他们每天要在市场里站十几个小时。下班回来时，我大约都是坐在电脑前写作，或者看书，或者上网。他们的脚步声很干脆，他们的笑声很响亮。他们一回来，31区的夜晚，一下子就鲜活了起来。他们的笑声从很远的地方传来，经过楼道，然后挂在我的窗前。他们闹一会，打着口哨，尖叫着，大声唱歌。他们光着身子，穿着三角裤衩在房间里走来走去。不一会，窗台上就挂满了滴水的衣服，将我的目光挡在了外面。十二点过，对面的房间里安静了下来，他们的快乐简单而且直接。凌晨四点，男人的叫声在楼下，他们在梦中。

我一直都没有弄明白，男人在楼下叫的"阿咪朵"是什么意思。

"阿咪朵。阿咪朵。"男人的叫声像一根根钉子钉进了我的耳朵。

男人坚韧的叫声就这样突然闯入了我的生活，而且坚守着。终于有一天,一个胆大不怕死的,在男人叫"阿咪朵"的时候,躲在窗子后面大声骂了一句"你他妈的想死啊"。这一骂,立即引起了大家强烈的共鸣,于是从两边的窗子里都射出了愤怒的叫骂声,有人说再骂老子搞死你,有人就趁着这机会把那男人家庭里所有女性成员都问候了一遍。那天晚上之后的一段时间,凌晨再也听不到男人叫"阿咪朵"的声音了。据说男人听从了大家的建议,给工人们弄了一架闹钟。可是没过多久,男人又开始喊"阿咪朵"了。一问,原来他们已习惯了闹钟的声音,怎么也闹不醒了。男人每天早上扯开嗓子喊"阿咪朵"的时候,周围的人就扯开了嗓子吓唬他。但没有用,他照喊不误,后来大家也不再骂他了,也没有人真的去搞死他。这样大约坚持了有一个月,我们都习惯了他的叫喊声,任他怎么喊,我们也不会醒了。

终于有一天,"阿咪朵"一家人都搬走了,因为他们做生意的那家金绿田超市倒闭了。金绿田超市倒闭是迟早的事,在它附近不到两百米的地方,就有一家比它的规模要大好几倍的超市,而金绿田又没有什么特别的营销手段。再说了,在31区,去这种小超市,大都是买一些柴米油盐的,31区不远,就是沃尔玛,人人乐,海雅百货,天虹商场,春天百货……一溜儿的开了五六家,好像搞超市大聚会似的,像金绿田这样的不大不小的超市,是很难立足的。然而做生意的人,大约都是不信邪的,大约都认为,别人的超市倒闭,是因为他们不懂经营,换了自己,是一定能把生意做起来的。他们都高估了31区这些生活在底层人的购买

能力。果然,金绿田超市倒闭不到半个月,就又开始装修了,这一次的老板把超市改名叫金缘。在装修期间,超市外面就挂起了硕大的海报,先是招聘从经理、主管、收银员、防损员、送货员等员工。于是,在一段时间内,这家新的超市,又为31区的外来者提供了不少就业岗位。有一次我就亲见,有六七个打扮入时的新一代打工者,她们染着褐色或黄色的头发,穿着性感的衣裙,吃着高档的冰激凌,排队等着和招聘大员面谈。珠三角开始出现了用工荒。多年以前的那种找工艰辛的时代一去不复返了,现在大约是用人单位着急、见工者并不怎么着急上心的时代了。听说有的厂家为了抢员工,相互之间还大打出手哩。然而,普工的工资,并没有因此而提高多少。十年前,甚至二十年前,在这里,一个普工月薪可以拿到五六百,二十年过去了,生活水平提高了数倍,他们的工资,几乎没有什么变化。然而,报纸上又有领导出来辟谣了,说珠三角根本没有用工荒。真真假假,我也弄不清。我只是知道,要是在多年前,像这样大量的招工, 最少有数百人来见工,31区一定会引起交通堵塞的。而我现在看到的招聘场面,实在是有些冷清。

金缘超市终于开张了,先是到处派发广告,上面标明了不少诱人的销售让利商品,门口挂满了喜庆的彩带和气球,贺匾和花篮摆了半里路长,搞得很是热闹。但没过多久,当超市的商品价位回到正常时,这家超市又门可罗雀了。这样坚持了不到半年,金缘超市又倒闭了。然而,没过三天,又有新的老板看中了这块宝地,又开始了新一轮的装修和招工。但愿这一位老板有新招,能把超市开得红红火火。

这家小超市对面，有个小报亭，这是我去得最多的地方。我平时喜欢在这里买几份报纸，《南方周末》《参考消息》。像《小说月报》这样的刊物出来的时候，会站在这里翻一翻，看一看后面的选目中，都有哪些熟人的名字。很久没有掏钱买过书看了，想想也是，一方面，我希望有人掏钱买自己的书看，一方面，又从来都是吝啬着掏钱去买别人的书看。但看书是必需的，31区离图书馆不远，骑自行车也就十分钟的路程，自从办了借书证，看的书也渐渐多了起来。

报亭的斜对面，是靠着斜坡搭起的一间石头小屋，小屋里住着一位修鞋匠，广西人，除了修鞋、擦鞋，他还会修伞、缝补衣服，他的生意总是很好。有一次我去修鞋，和他聊了一会才知道，他就靠一个人修鞋，养活了一家人，还要供三个孩子读书。这是我没有想到的。这样一个小小的修鞋铺，怎么可能呢？不过仔细一想，又觉得是理所当然的，如果他的修鞋摊子摆在那些豪华小区，大约只有饿死的份。比起他这个毫不起眼的修鞋者来说，我这个经常在报纸、电视上露脸的作家，却难以用一支笔来养活一家人，想起来真有些惭愧。

修鞋铺的隔壁有一家店，他们总是做出一幅明天就要搬走的样子，店子的招牌也拆了，上面贴着经营不善要倒闭的海报，斜斜地吊在那里，好像随时都要掉下来的样子，店里的东西五花八门，厨具、服装、皮包和床上用品东一堆西一堆，搞得乱七八糟，看上去，真得像明天就要搬家了。喇叭里面不停地重复播放着“最后三天，最后三天，所有商品一律二十元”的广告。他们还印刷了一些传单，请了人发散到了31区以外的地方。可是住在这里久了的人都知道，他这家店子永远是最后三天，永远是跳楼自杀大降价。诚信这两个字，可能店家不讲究，顾客也并不去计较的。

31区几乎每一家店铺都有着一个独特的故事。有些一元店，店里所有的东西都是一元一件的。还有些棉被店里，一直卖着质量低劣的黑心棉被。大家都见怪不怪了，如果没有这些，反倒不正常了，反倒不是31区了。开得最多的，还是那些旧货店。在31区，你只要走上五十米，就能见到一家旧货店的，桌椅板凳，锅碗瓢盆，彩电冰箱，床铺、灶具，安一个家要用到的东西，在旧货店里都能找到，而且价格很便宜，服务态度又好。在31区，除了为数不多的几家房东还住在这里外，百分之九十九点九的，都是外省人。外省人来到31区，都只是临时的居住，很少有人会想到在这里长期安家的。真要有钱买房了，也没有谁会想到在这里买房。于是人来人往的，就成全了这些旧货店。

我每天会和几个文友从这些店铺门前经过，然后穿过一条窄窄的巷子，去宝安公园跑步。这是我一天中最轻松的时光，长期坐着写作，腰椎间盘已严重突出，坐一会儿就痛得难受，加之缺少运动，我自由写作两年来，身体由过去的一百三十多斤，猛增到了一百六十八斤，人胖了，感觉脑子也变得迟钝了，上三层楼都要喘气。31区的几位自由写作者，大约都意识到了身体的重要性，于是我们每天都会去离31区不太远的宝安公园跑步，绕着宝安公园的山跑一圈是三公里，几个月下来，我的体重降下去了二十斤，现在上六楼也没有那么喘了，感觉生活又重新充满了希望。

从家到宝安公园，那条窄窄的巷子是必经之路。我一直觉得，这条小巷子就是31区的形象代表，有脏、乱、差的一面，也飘荡着浓浓的人间烟火的味道。在小巷子的入口处，挤着炸臭干子的、卖甘蔗的、烤热狗的、烤红薯的、煎锅贴的，还有麻辣串、羊肉串，当然，还有池莉的小说中写到的鸭脖子……各种叫卖的声音，各种食物的混合气味，在烟熏火燎里，上演着的就是一场活色生香的生活秀。有电视台的来拍我的生活，我建议他们去拍这条巷子，可是这个建议从来没有被采纳过。

对于生活在这条巷子口的人来说，城管是他们最头痛的问题，就像对于城管来说，这里的这些小商贩们，也是他们最头痛的问题一样。城管和小贩们，经常在这里上演着猫和老鼠的游戏。我亲眼见过几次，当城管的车开过来时，他们那种惊慌失措不顾一切仓皇四散的情景，看到这样的场景时，我的心里总会有一些莫名的痛。有一次，眼见着一个女人没有跑掉，他的鸭脖子被没收了，她的小推车也将要被城管没收。女人一看急了，抱着她的车不撒手，坐在地上，任人怎么拖也不撒手。这样的场面，会吸引来很多人围观，围观者大都是对女人表示同情和支持的，这让女人觉出了勇气，于是和城管越发的纠缠，城管也只有哭笑不得。

小巷大约有五十米长吧，一路过去，见缝插针地摆着各种小摊。有卖铝锅清洁球的，有一个学生模样的孩子，十三四岁，戴一副眼镜，跪在地上，面前有一张纸，说的是她的身世，爹妈都是不在了，她想上学，希望得到好心人的帮助。开始的时候，这些学生还能要到一些钱，后来据说是有这样的一拨子人，专门扮成学生的样子来讨钱，于是她要到的钱就少得可怜了。其实相比前面那个和城管纠缠的女人，跪在这里讨要，无论是真是假，都是极需要勇气的，虽说我并不欣赏这种勇气。但对于我们这些生活得比她们好的人，在我们没有对她们的生活进行深入了解之前，谁都无权对她们进行粗暴的指责。

一位老先生，须发皆白，戴着墨镜，在小巷里坐了有些年头了。面前的一张纸牌上，先前曾经是写着“指引迷途君子，提醒久困英雄”的字样，现在好像又换了，简单的就写“摸骨算命”四个字。老先生的生意很好，我每次经过，都有人在算命，而且来算命的，大都是女人。我曾经疑心过，这位老先生并不是盲人，当然，这样的想法，很有些不够厚道。

在朋友中间，有时闲聊，或是酒后，我也是能给人看一下手相的。在我十五六岁的时候，邻村有一个剃头阉鸡带收鸡毛鸭毛的，据说会麻衣神相，给我看了个相，认为我将来贵不可言，一定要招我当女婿，可惜我当时好像还未开窍，很是辜负了他的一番美意。不过我后来倒因此而翻过几页麻衣神相的书，给朋友们算算，逗大家开开心，当不得真的。有时我胡诌几句，朋友们居然也还认为我算得准，因此看见这位老先生在这里算命，而来算命的人在老先生说一句之后就点头说是，总觉得很好玩。有时甚至开玩笑地说，哪天没事了，我也来这里摆个摊子看手相。另一位写作的朋友更绝，说什么时候咱们组成一个31区作家摸骨算命队,在这里摆摊算命。再往前走一点,每天都在重复的上演着同样的戏,几个人围在一起,大声地争吵着,有时看来甚至要打起来了,原来是一个下注者赢了钱,做庄家的想要赖,于是旁边有人看不过去了,帮那个下注者拿到了赢的钱,于是他们继续开赌,其实明眼的人一看就知道,他们是在做局演戏,可是总有一些人上当受骗。

这条小巷子,曾多次进入我的小说。去年底我曾写过一个短篇《文身》,里面写到一位在工厂打工的少年想要去刺个文身时,我就专门到这小巷子里观察过,小巷子里有一个青年,也坐在马扎上,面前摆着一些文身的图案。在离小巷子不远处,某栋房子的二楼,还有一个很大的招牌,上面印着两个大字:文身。每次看到这两个字时,我都会感到亲切。

关于31区,可说的还有很多,比如那些灯光暧昧的发廊,比如那蹲在菜场门口卖菜的那些七八岁的孩子们,比如这里的曲折的巷子,这里的阳光、雨水。还有,在这里来来往往的,我的朋友们。我从不掩饰我对31区的喜欢,就像我也不想掩饰,我渴望着早一点搬离31区,拥有一个属于自己的,安静、舒适的家一样。

烂尾楼

我在东莞长安的街头见过这样一张招工启事。启事上写着:

因生产需要,本厂在东莞新建分厂一间,现急需招聘以下工作人员:文员、业务员、仓管、储干多名(需初中以上文凭)。司机2名,熟悉东莞地形。杂工10名,男女不限。普工100名,熟手优先。为方便见工,本厂在长安设有招工办事处。考试合格,厂方安排专车接往东莞。

招工办地址:长安霄边★★厂对面小巷前行50米,见利民诊所右拐,前行100米,左拐20米即到。

一般来说,骗人的招工启事往往会写上诸如“本厂出粮准,加班少”之类充满诱惑的字眼,而字却写得东倒西歪。这则启示上的字却写得相当漂亮,一看就是习过帖的。几乎没费什么周折,很快就找到了招工办事处。走进招工办,办公室里面装修得倒还漂亮,打扫得也干净。一前一后两张桌子,前面坐了位小姐,桌上竖张牌子:报名处。后面坐了位穿着讲究、理着平头的男子，男子戴眼镜，打领带，看上去文质彬彬。小姐冲我微微点头，我也紧张地点头。凭直觉，这是一个正规的招工办事处。

小姐很客气地问我见什么工，我说文员、仓管，或者储干也行。小姐说文员只招女的，储干要求二十岁以内。小姐问我多大了，我说不好意思，我二十四了。小姐说那你应聘仓管吧，仓管工作其实很轻松的，待遇也好。小姐递给我一张表，让我先填表。我伏在桌子上填表，小姐看了我的字，尖叫了起来，说：你的字写得很好呀，你是个人才，进了厂，将来一定很有前途的！小姐的夸奖让我的大脑再一次发晕，于是我得意地说我是学过美术的，还参加过家乡石首市的青年美展，说着从包里往外掏荣誉证书。小姐接过证书瞟了一眼，转身小声对后面的男人说，刘经理，是个人才，招进厂里后要好好培养，那被称着刘经理的人点了点头。这时我已填好表，小姐接过表递给了后面的刘经理。我观察着刘经理，刘经理边看表边点头。我想大约我是经过面试的了，长长地吁了一口气。刘经理说，办手续吧，先交一百块的考试费和报名费。

我没想到还要考试，而且要交报名费。小姐解释说他们是正规厂家，不考试怎么知道应聘者有没有能力呢。小姐还说现在骗子可多了。

考试我倒是不怕的，只是我手中没有那么多的钱。我求他们通融一下，我说我只有五十块了。小姐转过身问刘经理怎么办。刘经理说五十块不行,明天再来。后来回想起来,刘经理的拒绝其实是欲擒故纵,他越是不想让我报名,我越发打定了要报名的主意。我回头看看门外面,来报名的人越来越多了,门口聚了有一二十人,我想明天再来怕是黄花菜都凉了。我说我实在是没有钱了,我找了半个月的工了,手上就这五十块,交了这五十块,我喝水都没钱了,你们让我考一下,考上了将来从我的工资里扣。小姐大约看出了我的难处,对刘经理说,我看就收他五十吧,余下的让他打张欠条,我看他一定能考上的。我连忙说就是就是。刘经理盯着我,看了一会说,你真的没有钱啦?六十也成。我说只有五十块了。刘经理笑着说那好吧,看你是个人才,五十就五十。现在想来真是可笑,我交完了钱,还打了一张五十块的欠条。小姐让我先在外面等着,过一会统一考试。于是又忙着收另外一个人的报名费了。

交完钱之后,我又开始后悔了,觉得这间厂是有问题的。要真是东莞的厂,为什么跑到长安来招工?东莞难道招不到工人吗?再说了,像我这样应聘仓管、文员、储干的要考试还说得过去,为什么应聘杂工的也要考试呢?越想越觉得不对劲。可又一想,万一是真的呢,那不是错过了机会?就在我犹豫不决的时候,小姐喊了声开始考试了,报了名的人都跟着小姐进了隔壁的房间。房间里摆着几排桌子。我们坐好后,过来两个男的站在门口监考,小姐开始发考卷。考卷一发下来,我的脑子就一片空白了。一张印刷的考卷,总共就两题。第一题,英译汉,下面密密麻麻一版英语。第二题,汉译英,也不知从哪里弄来的一篇文字。几乎所有的人在拿到考卷的那一瞬间都呆了,接着就叫了起来,喊上当了受骗了。招一个仓库管理员,要这么高的外语水平干吗呢?我要是有这样的外语水平,还会来应聘一个小小的仓管员么?我去人才市场应聘翻译得了。大家七嘴八舌。门口站着的两个男人恶狠狠地喊,吵什么吵?谁说我们是骗子。你?大汉指着一个女孩问,女孩低下了头。那就是你!大汉又指着另外一个男孩问,男孩不敢吭声。

这是我找工时遇到的最幽默的陷阱,我们灰溜溜地逃出“考场”时,身后还传来了他们得意的笑声。

那时,我暂居在一幢烂尾楼里。烂尾楼里住了一大群像我这样的找工者。男人、女人,四川人、湖南人……我们白天流向了松岗、沙井、福永、长安,甚至更远处的虎门、黄江,晚上拖着疲惫的双腿,或兴奋,或失落的回到烂尾楼。兴奋自然是因为找到了工作,于是打起了背包,在大家羡慕的眼光中和老乡们的祝福声中告别了流浪,从此坐在了流水线的卡位上,把自己和流水线的机器融为一体。失落者,把希望寄托在明年。烂尾楼时不断有人找到工作离去,又不断有新的找工者加入进来。在这里,方言是最有力的武器,四川人,湖南人,大家因为讲同一种方言而结成小的团体。有了老乡,大家抱成一团,也增强了抵抗风险的能力。四川人的团体最大,因此他们占据了最好的房间,而且在里面大声说话,有时还弄一些酒,一起喝酒。四川人喝酒还猜拳:螃海一,爪八个。这么大个脑壳这么大个脚,夹夹夹,往后拖。哥俩好呀,该你喝。

魁五手呀，该你喝……四川人的骨子里好像有一种天不怕地不怕的乐观，他们总能把一些淡出鸟来的日子过得有滋有味。他们猜拳时动作夸张，做着螃蟹夹东西和拖东西的动作。一瓶白酒，在每个人的面前转来转去，不一会就见了底，然后他们倒头就睡，很响亮地打鼾。

我在烂尾楼里结识了来自湖北咸宁的老乡黎正全。

黎正全本来在一家工艺品厂当调色师傅，厂里很久没有发工资了，而且加班无休无止，黎正全鼓动一些老乡罢工，没有人响应他的号召，于是他就去劳动站投诉，劳动站派人来厂里，厂方很快就发了工资，唯独没有给他发。他去找出纳，出纳说老板不让发。他去找老板闹，结果被扫地出门。出厂后，他很快就找到了这幢烂尾楼，并在烂尾楼里安下身来。

我当时在烂尾楼里已住了有一些时日，每天睡在水泥地板上。多年以后，我的双腿患了风湿，遇上阴雨天就会疼痛难忍，我想可能与当年睡水泥板有关。黎正全见我就睡在水泥地上，招呼我和他睡一床凉席。就这样，我们成了兄弟。白天我们一起出发去找工，晚上我们各自回到烂尾楼。在异乡流浪，有了一个老乡，我的内心开始变得强大了起来，也不再害怕那些住在烂尾楼里的四川仔了。黎正全爱吹笛子，夜深人静的时候，他会站在烂尾楼的窗口吹笛。他吹的笛子调子总是很欢快，他欢快的笛声，消除了我一天的疲惫与失落，让我觉出了生活还是有滋有味。吹一会笛，他会坐在凉席上，和我谈一些诸如理想、未来这样看上去离我们很遥远的问题，或者对我吹嘘他与老板作斗争的光荣史。

然而,他的笛声一天天的忧伤了起来。

我们手中的钱很快就用得差不多了,晚上,他带我去向从前在得宝厂的工友借钱。我们在厂门口等着工人们下班,晚上十点,厂里下班了。黎正全让保安叫出了一个工友,工友见到了黎正全,两人很热情地说了一些话。然后黎正全说,有钱没有,先给我拿五十。老乡为难地说,五十?五块都没有。老乡说他这些天洗衣服都是偷偷用工友的洗衣粉,洗澡就干搓。黎正全说,那你帮我把我师傅叫出来。老乡进厂去了,去了有好半天才出来,说没有找到。黎正全说,真没有找到?老乡目光闪躲,说真的没有找到。

从得宝厂回烂尾楼,我们两人走得无精打采,一路无话。黎正全不知在想些什么,不时拿脚踢着路两边的树木。我想,在方便面吃完之前,我们一定要进厂。黎正全没有说话。我害怕黎正全去干傻事,真要走到了绝路上,他是什么事都干得出来的。果然,黎正全说,要是再找不到工作他就去找得宝厂的老板。我说你找他有什么用呢?你可能连厂都进不了。黎正全说到时自然有办法。回到烂尾楼,黎正全坐在窗口吹笛子。吹到很晚了,黎正全给我讲他打工途中的爱情。他说他在沙井一间厂打工时,有一个姑娘很喜欢听他吹笛子,可惜她后来出厂了。黎正全说,要是不出厂,她肯定会和他恋爱。黎正全用尽了赞美的词汇描述着姑娘的美丽。黎正全说着姑娘时,眼睛里闪烁着动人的光辉。他眼里的光辉让我悬着的心放了下来,我知道他不会去干傻事的。黎正全让我

也谈谈姑娘。我于是对他谈远在武汉的女友。谈到很晚了，我们的肚子都饿得咕咕叫，可是我们对那些方便面实在失去了兴趣。黎正全指着楼后面的一片香蕉林说，走，去弄点吃的。我跟着黎正全，他去偷香蕉，我放哨。那一刻，我仿佛又回到了从前，回到了在家乡看完露天电影之后去偷人家瓜果的幸福时光。

香蕉可不像别的果子那么好摘，黎正全把一棵树弄倒了，弄出了很大的动静，吓得我做好了随时逃跑的准备。不一会，黎正全从香蕉林里钻了出来，扔给我一串香蕉，他手上还有一串，我们俩撒开腿一阵猛跑。跑到了安全地带，两人笑成了一团，然后吃香蕉，撕开了咬一口，又苦又涩，根本无法下口。把香蕉扔了，回到烂尾楼。黎正全说不行，今晚一定得吃到香蕉，于是问我还有多少钱，我说还有二十。黎正全说给我十块。我给了他十块。他跑下了楼，不一会就回来了，手里提着一串大蕉，一瓶啤酒。黎正全说，死也要做个饱死鬼。大蕉是结在芭蕉树上的，模样像香蕉，可是味道比香蕉差远了，但也便宜多了。我们俩吃着大蕉，你一口我一口，很快把一瓶啤酒干掉了。

肚里有粮，心里不慌，加之酒的作用，我们睡得很香。

睡到半夜，被一阵叫喊声惊醒，然后听见有急促的脚步声。有人在喊站住，有人在拼命地跑。我立刻反应了过来，是治安队在抓“三无”人员，也来不及多想，爬起来就往楼上跑。很多的人跟着一起在跑，后面的手电筒在来回急切地晃动。果然是抓“三无”人员的，可能是治安队发现了这个烂尾楼里每天晚上睡了很多人，于是来了一次大的清扫行动，我们被包围了。也管不了那么多，只能跟着大家往楼上逃。我的个子高，腿长，跑得快，很快就上了楼。楼顶上有一间小平顶房子，房子边有一架梯子。跑在我前面的很迅速就爬上了梯子，我跟着也爬了上去。我才上去，梯子就被先跑上去的人抽到了小房顶上，然后我们就趴在顶上不动。还有一些没有来得及爬上来的，在下面带着哭腔求我们，说老乡，把梯子放下来嘛。可是我们谁也没有说话，谁也没有把梯子放下来。我听见一个女孩子用四川口音不停地喊着老乡，可是我们没有一个人伸出援助之手。很快，治安员追到了楼顶，把他们都带走了，包括那个四川口音的女孩。他们没有向治安举报说小房顶上有人。看着他们被带到了楼下，上了一辆车，很快就被拉走了。

我不知道那个四川女孩后来怎么样了。多年以来，我一直忘不了那个四川女孩的声音。我们本来是可以伸出援助之手的，可是我们没有这样做。我觉得自己是一个无耻之徒，多年以后我还是不能原谅自己。现在，我被南方的媒体称之为打工作家，称之为打工者的代言人。面对这些称呼时，我的心里就会响起那个女孩喊老乡时的声音。我曾把这一段经历写进小说中，我渴望能用文字完成一次心灵的救赎。

方便面还有半箱，我们实在吃不下了，看见了直恶心。四川人被抓走了一些，余下的散了。烂尾楼的夜，安静得怕人。一些虫子在耳朵里不知疲倦地叫。那天早晨，黎正全说，不去找工作了，反正找也找不到。黎正全不去找工了，我也失去了信心。那个上午，我们就躺在烂尾楼里睡觉。我们没有吃东西，没有喝水，也不再说话。这样睡到下午一点多

钟，我想不能再这样睡下去了，我要出去找工作。

黎正全还在睡，我独自走出了烂尾楼。南国的阳光，玻璃碴一样刺眼，我觉得两条腿有些软。离烂尾楼不远就是工业区，这个工业区，我已走过了无数遍了，可我还是不死心。走到信丰造漆厂的时候，我的眼前一亮，信丰造漆厂门口贴出了一张招工启事，用记号笔写着招调油师傅一名。黎正全是调油的，我没有做过调油师，但我学过美术，从前在时装厂也调过染料。我进去试工了，没想到，很顺利的见工成功。包吃包住，月薪六百，我几乎是一路小跑回到烂尾楼的。我摇醒了黎正全说，黎正全，我进厂了，信丰造漆厂，当调油工。黎正全说你开玩笑吧。我说我不开玩笑，我回来拿行李的。

黎正全呆了一会，站了起来，帮我拎着包，把我送到了信丰厂门口。

希望总在前方。只要你没有放弃，生活会在你最绝望的时候，替你打开另外的一扇门。当天晚上，我在信丰厂吃上了半个月来的第一顿米饭。我想起了我的好兄弟黎正全，不知他今夜在何方。吃完晚饭，我去烂尾楼找黎正全，他不在。可能出去找工作还没有回来。第二天，我又去找过黎正全，他也不在。大约是过了一个星期吧，黎正全坐着车来厂门口找我。见到我，一脸的笑。他在郁金香工艺品厂当上主管了。大约又过了一个月，黎正全又来看过我一次，说老板说话不算话，说好一个月开一千二的，结果才给他八百。黎正全说他和老板吵了一架，出厂了。从此以后，我再也没有见过他，也没有他的任何消息了。

多年以后，我进了一家杂志社当打工记者。我专门去找了那间我和黎正全容身的烂尾楼，然而那里已是面貌全非，我找不到那幢楼所在的具体位置。我记得当时那幢楼前的一座小山，我记得楼后的那些河沟水塘，以及水塘边种植着的茂盛的香蕉树。而现在，河沟不在了，小山也不见了。我的青春记忆，失去了证据和凭依，只留下一些依稀的痛，在南国的风中游荡。

冷暖间

我曾在珠三角的一家织造厂当杂工。杂工当然是做杂事的，也有正事——在印花台上铺好净面的布，待印花师傅们印毕再把布揭起来晾到一边，然后再铺上布，再揭、再铺……如此周而复始，一日又一日。杂事包括——帮印花师傅们洗浆桶，给厨房的煤油灶通油嘴(我通过一次，最后是用嘴吸通的，吸了一嘴的煤油)，替老板洗车，有时也跟车送货。印花师傅们一个个都很大爷，没把我们这些小杂工放在眼里，坚定不移地保持着他们作为师傅高人一等的姿态。印完了布，扯开嗓子喊"杂工，收布啦。"收工时，又喊一嗓子，"杂工，洗桶啦。"我刚进厂时很不习惯，总觉得他们在喊杂种。也是初来乍到，不熟悉厂里的规矩，居然想到了要挑战师傅们的权威。印花师傅们叫我杂工，我就装没听见。实在叫得烦了，没好气把厂牌摘下来，递到他的面前说我不叫杂工，我有名有姓。印花师傅把我的厂牌抓过去，顺手就丢进了浆桶里。厂牌毁了！没有厂牌，在这间厂里简直就是寸步难行，进车间时没有厂牌要罚款，出厂办点事，没有厂牌就进不来，保安们都只认厂牌不认人。我曾写过一篇名为《厂牌》的小说，说的就是一个女工不小心丢了厂牌，结果引来了一系列的人生变故。不熟悉珠三角打工生活的人可能觉得我夸大其词,事实上,这样的事情在珠三角是屡见不鲜的。厂牌被毁了,重办一张工本费五元,相当于我八小时的工资,还要看文员小姐的脸色。我愤怒了,愤怒了却一时找不到恰当的表达愤怒的方式,捏紧拳头,做出要和他拼命的样子,这一下就惹祸了。身边立刻就围上来四五个印花工,他们都来自湖北通城,是一方水土里长大的老乡,人手一把印花刀,大有将我乱刀剁死的意思。我说你……你这是污辱我的人格。印花工笑了起来,人格是什么东西?你一个杂工还和老子谈人格?脸上挨了一拳,屁股上挨了一脚。好汉不吃眼前亏,何况我不是好汉,只好老实了下来,心里终是不甘,却也无可奈何。相比之下,杂工的活计里,最好玩的是跟车,虽说上货下货累点,其他时候却是自由的,又可以在外面去透透风。中午还管八块钱的盒饭,比厂里强多了。有时司机偷偷带点货出厂,销赃之后,会请跟车的杂工喝一杯可乐或者吃一根雪糕。我跟过两次车,最远去过坪山,觉得能跟车真是幸福。

我是杂工队里消极怠工的两大刺头之一,另一位是来自山东的阿标。阿标后来曾进入过我的散文和小说,他是个很有意思的人物。会学马三立说相声,还会武术,打架是把好手。阿标和我一样,不怎么买那些印花工们的账,我们俩因此走得很近。其他的杂工大多很巴结印花师傅们,他们的理想也很简单,那就是有朝一日能成为印花工,要想成为印花工,首先就要和印花师傅搞好关系,把师傅们侍候得满意了,趁着管理员不在的时候上手印几刀,这样混上三五个月,就可以跳槽到

其他厂当师傅、人五人六使唤杂工了。

印花车间有个杂工组，杂工组有十多名杂工。杂工小队长的长相可用两个字描写：瘦、黑，我们称之为虾米小队长。虾米小队长来自广西，是个厚道人，小学学历，能当上杂工队长，拿四百元的月薪，在他来说算是相当满意了，何况小队长和拉长是平级干部，吃八个人一桌、三菜一汤的干部餐（普工杂工则要排队打饭，顿顿吃空心菜，汤也是有的，那是真正的清汤寡水，有限的几粒黄豆一点青菜在水中载沉载浮，想要捞到并非易事。我在打汤方面颇有天分，每次总能在最短的时间内打捞到一些黄豆、青菜或者豆腐丁，人送绰号打捞队长）。虾米小队长人不错，是个老好人。在工厂，老好人不适合当干部。我有一个文友吴伤，在工厂里当人事主管，发工资时，一些工人不按顺序排队，保安拿脚去踢工人，老好人吴伤劝保安不要这样，说大家都是打工的兄弟姐妹，相互之间要关爱。保安说那你去关爱他们吧。吴伤于是文绉绉地和工人们讲道理，好话说了一筐子，工人挤得更凶了。老板娘因此得出结论，说吴伤这人不行，太老实，不是当行政主管的料。话扯远了，当年我们正是因为看准了小队长是个老好人，也就没把他放在眼里。

小队长喊收布了，我和阿标躲在布堆后面睡觉。自从我和阿标成为哥们后，我们的实力大大增强，印花师傅们也不敢扁我了，小队长更是拿我们没办法。小队长喊了几遍，见我们不理睬他，说你们再这样我去告诉写字楼了。所谓的告诉写字楼，就是去人事经理那里告状。阿标冷笑着说你去告状试试？你去呀，我欢迎你去。小队长没敢去告状，招呼着其他几个杂工收布。杂工们说阿标和李文艳不收布我们也不收。印花师傅们趁乱起哄，将印花台敲得咚咚乱响，喊收布啦收布啦再不收布就收工了。小队长没办法了，只好答应请那些杂工们喝啤酒，杂工们才满心欢喜地开工了。小队长很为我和阿标而痛心，甚至于有点哀我们不幸怒我们不争的意思了。那天晚上，小队长一本正经找我和阿标谈心，想做好我和阿标的思想工作。小队长说你们俩就这样一直混下去吗？这有什么前途呢？你们为什么就不和师傅们搞好关系，学一门技术呢？这年头，一无文凭，二无技术，就只有当杂工的命了。阿标笑嘻嘻地说他的理想是当杂工队长。小队长把阿标的话当真了，说他的印花技术差不多了，再练上两个月就去别的厂考印花工。“只要你好好表现，我一走，你就有机会当上杂工队长了，主管是我的老乡，我会让主管帮你说好话的。”小队长说。

小队长走后，我和阿标捧着肚子笑了半天，其时我们正在计划着怎样离开这间厂。我的一个朋友的朋友，在蛇口南油工业区某厂当厂长。问题是我们被押了两个月的工资，按照厂里的规定，自动辞职，押金分文不给，如果被炒鱿鱼，工资分文不少。可是厂里轻易不炒人，想让你走，会安排你做一些最难做的事，弄得你吃不消了自动离职。我和阿标合计怎么样让老板把我们俩给炒掉，最后就合计出了一个招，把杂工小队长扁一顿。按厂规，打架斗殴是要被炒掉的，这样我们的目的也就达到了。说干就干，次日，我和阿标照例是睡在布里不干活，小队长来喊我们时，我们就拿广东话来骂他。在我们的计划中，他肯定要回嘴

的，只要他回嘴，我们就扁他一顿。小队长的脸色一下子变了，他愣了一会儿之后，没有再叫我们，自己去收布了。收着收着，忽然就趴到印花台上号陶大哭了起来，这是我们没有料到的事。

多年以后，我还清晰地记得小队长趴在印花台上痛哭的样子。现在，我在南方的出租屋里写下我的忏悔，我要对小队长说一句：兄弟，对不起！

从印花厂出来之后，我们去蛇口找我那朋友的朋友，朋友的朋友在厂门口接见了背着行李的我和阿标，责怪我们不该事先不打招呼就来找他，说厂里不招工，没办法介绍我们进厂。我说做杂工也可以。朋友的朋友说杂工也不招。后来，经过一段时间的找工之后，阿标去了东莞，我们从此失去联系，我进了台信厂。

台信厂的两个老板都是台湾人，当过兵，奉行军事化管理。员工去老板的办公室，要在门外喊报告；厂里厂外，见到老板，要行注目礼。厂里的保安很多，工厂总共才四百多人，保安大约就有二十来个。一个保安队长，个子不高，很壮实，是广东本地人，凶，工友们都怕他。

厂门口的保安，穿着整齐的保安服，腰里扎宽皮带，挂橡胶棒，脚穿军用皮靴，笔直地站在厂门口。大老板、二老板的车进出，远远的，保安就要敬礼。当时，在我们工业区，台信厂的保安可以说是一道独特的风景。很多人都想进台信厂，认为台信厂是正规的好厂，这可能与台信厂的保安形象有关。台信厂的厂服也漂亮，穿台信厂的厂服，走在工业区里，有一种莫名其妙的优越感。台信厂除了押两个月的工资外，平时是不拖欠工资的，这也是外厂人想进台信的原因吧。当时我们台信厂里流传过一句名言：“台信厂是个大猪圈，圈外的猪想进去，圈里的猪想出来。”这话不知是哪位读过《围城》的才子想出来的，听起来有些损，也有些自嘲。

车间门口的保安，负责打卡时维持秩序，检查工人有没有顺手牵羊偷厂里的东西，监督看有没有工人代人打卡，还要负责平时不让工人随便离位；宿舍门口的保安，负责监督按时关灯，不让男女员工串宿舍，早晨晨练时，还要在宿舍检查有没有睡懒觉的，有时还配合队长抽查宿舍；食堂门口的保安，负责维持打饭的秩序。

台信厂早晨六点要晨练。保安在工厂中间的一块操场上操练，很大声地喊口号：一、二、三、四，打军体拳。工人按不同的车间，分成不同的列队，在操场里立正，稍息，向前看齐，齐步走，集体跑。全厂除了大老板和二老板之外，其他人都要参加，主管也不例外。不参加跑步的，抓到一次罚款十元，抓到三次就开除。厂里关于罚款的厂规特别多。在食堂门口有一块黑板，员工们从车间里出来，要做的第一件事往往不是去打饭，而是去黑板上看罚款通告上有没有自己的名字。厂里有好几个女工仅认识自己的名字，在黑板上看见了自己的名字就格外紧张，又不知道是为了什么事，只好红着脸去问别人，当然就少不了要受到一些并不恶意的嘲笑。记得有一次，告示中是对一个女工的奖励，奖励她五十块钱，为了什么事现在记不清了，可是那女工不识字，看见有

她的名字在黑板上，红着脸问别人黑板上写的是什么？有工友就告诉她，说她帮别人打卡，罚款五十。那位女工当时就急得哭了起来，说她根本就没有乱跑，饭也不打了，急着去写字楼找人事部的主管问个究竟。她一走，大家就轰地笑了起来。现在回想起来，我们的笑声是多么的刺耳，我们那得意的神态，又是多么的丑陋。后来那位女工问明白了是奖励她五十块钱时，哭得更加厉害了。人事部的主管不耐烦地说，你这人怎么这样，拿奖金了你还哭什么哭？

台信厂生产的是玩具公仔，据说从前厂里经常有工人偷偷把玩具往外带。老板知道后大发雷霆，雷霆过后，就买回了一些检测器，车间门口的保安员人手一个，下班打卡时，保安拿检测器在工人的身上照那么一下。当然也不是全照，而是由当班的保安随机抽查。据说，只要身上带了厂里的东西，就会被照出来。我在台信厂做了三个月，从来没有听说过谁被照出来了，也听一些工友们说，这东西其实是老板用来吓唬人的，根本照不出来，不知是真是假，反正没有谁敢去验证真假。检测器给了一些保安们趁机揩女工油水的机会，他们有时专门检查那些漂亮的女工，在她们身上左照右照、上照下照。还有个保安，喜欢检查女工的厂牌，一本正经地说"你叫什么，你的厂牌号是多少"，手去摘厂牌是假，顺手在女工的胸口摸一把是真。有老板宠着，有保安队长罩着，保安们在厂里很猖狂，经常发生保安打人的事，工人们对保安是敢怒而不敢言。

我当时在台信厂当调油师，所谓的调油师，是台信厂的叫法，在其他厂就叫调色工。调油师听起来比调色工要拽,其实工作是一样的,就是用油漆调出彩绘或喷绘玩具要用的各种各样的颜色。调油部的师傅叫赵书成,是湖北随州人,因为这层老乡关系,他对我一直很关照。我的调色水平很差,复杂一点的颜色就调不来,有两次还弄错了颜色,如果不是师傅帮我搪塞过去,我早就被炒了。刚进厂时,我已身无分文,洗澡干搓,洗衣服也不放洗衣粉。师傅看见了,知道我肯定是没钱了,给了我五十块钱,让我先用着,说是不够了再找他,后来他发了工资,又借给了我五十块。也许在许多人眼里,区区一百块钱是件小事,师傅的恩情,却让我在人情冷漠的异乡感受到了久违的温暖,很多年来,师傅的名字像火把一样,照亮着我内心的幽暗地带。

师傅说油漆里含苯,调油室又不通风,做久了会中毒的。师傅的梦想是当一名雕刻师,他劝我也学学雕刻。当时雕刻师的月薪在两千元左右,调色师才六百。厂里的雕刻师知道师傅想学雕刻,不准他进出雕刻室,防贼一样防着他。师傅很聪明,又有些美术基础,自己买了雕刻刀和泥,有空就练习雕公仔头。他的自学有了成绩,能雕很多种工仔的头像了,而且雕得颇为传神。师傅还没来得及把手艺练到家,保安们就突然搜查了师傅的宿舍,在他的床底下搜出了雕刻刀和雕刻用的泥,还有一些公仔头,这成为他偷窃工厂财物的证据。师傅说他的泥巴和刀子是自己从商店里买回来的,保安队长问他谁可以作证?师傅找不出证人。师傅说他用的泥巴和厂里的泥巴不一样。保安指着那些公仔头说,那这些东西呢?这也是你买的么?师傅说这些公仔头是调色时用

过的废品。废品？保安队长冷笑着说，是不是废品谁知道呢？师傅说不信你可以问李文艳。保安队长说，丢雷老毛个草海，李文艳说了算还是我说了算？

师傅当天晚上就被炒掉了，我帮师傅背着行李，去另外的一间厂里找到了他的老乡，借宿了一晚。师傅离厂时，我还没有做满三个月，没有拿到工资。我对师傅说，对不起，我现在还没有钱还。师傅笑笑，让我别把这点事挂在心上，又问我还有钱用没有。我说我还有钱用，反正在厂里管吃住，也花不了什么钱，再过半个月我就可以拿工资了。差不多过了二十来天吧，我收到了师傅的信，师傅在信中说他在东风工业区打工，还是做调油。

终于做满了三个月，我拿到了第一个月的工资，晚上下班后，找到了东风工业区，打算把钱还给师傅，可是没有找到他，我一直欠着师傅的一百块钱。师傅出厂之后，厂里一直没有招到像他那样高水平的调色师。遇到调不出来的颜色时，老板就把我们几个调色工骂得狗血淋头，然后就会提到师傅。老板问我们知不知道赵师傅去了哪里，想把他再找回来。我对老板说，别说找不到赵师傅了，就算找到了，他也不会回来了。

故乡的秋天到来的时候，在武汉打工的好兄弟齐得明写信给我，说他在帮中科院的徐工搞公司，希望我回武汉帮徐工管生产，我辞了工，怀揣着打工挣来的八百块钱返回湖北。在广州火车站候车时，几个烂仔拿刀抵着我的腰，用一次打劫为我的第一次南方之行画上了句号。

我是我的陷阱

过完2000年春节，一个问题摆在我面前，要不要去D厂打工。家人的意思，当然要去，这份工来之不易，且家里还欠了许多债。我在D厂干了一年，从杂工做到部门主管，还负责工厂的质量督察。但我决定跳厂，原因有三：一是去年腊月二十八我才从广东回家，想在家里多呆几天，再说正月去广东车票一票难求，我无法在D厂规定的正月初八赶回去开工；二是去年年底发奖金，同宿舍的主管奖金比我高，我颇觉受了轻视；其三，去年我在一些报纸和打工类期刊发表了十多篇千字文，这让我自觉今非昔比，不再是无技术无文凭的捞仔，而是一作家。我把发表的文章剪下，贴在笔记本上，想，拿它当中专文凭应没问题，我想找一份更有前途的工作。一年前，我在家养猪，亏光了多年打工的积蓄，把妻的金项链也送进了当铺，还欠一身债，其时的愿望是投奔在陶瓷厂做搬运的大哥，希望也能进厂当搬运工。我拿着哥寄给我的路费，再次来到广东。哥安慰我，天无绝人之路。然而哥的厂不招工。谋一份搬运工不得，几经周折，终于进了D厂当杂工，当我用半年时间从杂工做到部

门主管，现在却因老板在奖金上对我的轻慢而决定出厂，我很快忘记了一年前找工不着，夜宿佛山汾江边的窘境。

十年后的今天，当我反思这一行为时，觉得这里隐含着一个人的自我定位问题，当然，也有生存和发展，生存与尊严的问题。当生存是问题时，人是无暇去思量发展的，遑论尊严？而解决了生存问题，发展就成了硬道理，对尊严以及认同感的要求，也凸显出来。我认为这一切皆是欲望使然，欲望并非贬义词。渴望发展是欲望，渴求获得尊严也是欲望。十年后，我在一篇小说的题记中写道：欲望是第一生产力。

不知这是否算我的谬论，也不知是否有人进行过类似阐述。我固执地认为，推动人类社会不断进步、发展的，正是欲望这台发动机。人类正是因为有了比其他物种更多元、更丰富、更复杂的欲望，在食欲和性欲之外，还有了美的欲望，表达的欲望等等，才一步步进化成现在的人，成为这个星球现阶段的统治者。欲望是一把双刃剑，人类的进步与欲望有关，而人类历史上几乎所有非自然的灾难，也都是某些人物欲望的产物。人类的欲望还催生了自然的灾难，比如温室效应。邓小平说："我们提倡一部分地区先富起来，是为了使先富起来的地区帮助落后的地区更好地发展起来，而不是两极分化。"现在，邓小平担心的问题不幸成为事实。其实要求先富起来的人帮助后富起来的人，这个想法带有理想主义色彩，他的前提是先富起来的人是高尚的，是乐于奉献的，他们能有效约束自己的欲望，这显然是不可能的，欲望是个无底洞。但并非每个人都是欲望的奴隶，人类有天生的自我修复功能，在进化的长河中，渐渐产生了道德感、法律等等，从内部和外部来有效约束欲望。欲望是生产力，也是陷阱，每个人的一生，最大的敌人就是自己，每个人的一生，差不多都是在同放纵自己的欲望与约束自己的欲望作自我抗争。

说回我的2000年，我决定离开D厂，正月过完了，我才从湖北来到南庄，并且住进了离D厂不远的一家十元店。我拿着剪报贴本出去找工作，堂而皇之的进入佛山人才市场，结果并不像我想象的那样理想，没有哪家工厂需要会写豆腐块的打工仔。我在某天晚上偷偷溜进D厂看望我曾经的工友，那些来自五湖四海的打工妹。在过去，我是她们的主管，她们一直管我叫大哥。我曾在一篇散文《总有微光照亮》中写到过她们，她们的善良，她们的感恩。我的这些妹妹们见到我很高兴，围过来问我怎么跳厂了，问我在哪里做。有位女工见到我，不理我，转身跑到一边，我问她怎么了，发生了什么事，她突然质问我为什么要离厂，她哭了。另外几位女工也希望我能回D厂。第二天，老板听说我回了南庄，托人带话，约我谈了一次，老板说他是想重用我的，奖金的事是个误会，是另外那个主管在吹牛，我们的奖金标准一样。找工受挫，我正在后悔，老板的挽留和工友的泪水，给了我一个体面的坡。我回厂了，还是做主管，那个接替我做了二十天代主管的工友很失望，对我颇为不满，弄得我觉得亏欠他许多，排工时总想补偿他点什么。而部门原来的那些女工却很感动，认为我是为了她们才留下的。细究起来，有这个原因，但也不仅仅是这个原因。如果我在文章中只强调这个原因，就可以把自己的形象塑造得比较高大。我们在许多的回忆性文章中，不难发

现此类笔法。所谓一扬一抑,雕虫小技耳。突然想到鲁迅评价《三国演义》,"写刘备忠厚而近伪,状诸葛多智而近妖",出了一身汗,读者的眼睛是雪亮的,千万别为了彰显自己的忠厚而落入近伪的地步。

还是想打扮一下自己。留厂之后,有件事值得提。这件事事关欲望,是我这样的打工者,在努力融入城市过程中,在接受同化与拒绝同化的挣扎中迟早会遇到的暗堡。在我留下后不久,做业务的经理请我和另外一位设计师晚上去佛山的酒城喝酒、K歌,打工十多年来,初次进入这样的场所,见到了生平从未见过的那么多的美女,那么多的雪白的肉体,也第一次对销金窟、纸醉金迷这样的词有了粗浅的认识。经理很够朋友,说要请我和设计师"开开荤",要给我们开房,我和设计师吓得找借口逃之夭夭。但回来的路上,我和设计师都显得颇为兴奋。回南庄的时候,已是凌晨一点,很不幸,遇到了治安队,我和设计师假作镇定,从治安员面前招摇而过。这是长期和治安员作斗争获得的经验,看见治安员你不能怕,你越怕他们越查你,你得装着没事一样,大大方方从他们面前过。然而那天,我们从治安员面前走过了一二十米,突然被治安员叫了回来。那时我留长发,我听见一个治安员喊,"丢老母,那长头发,叫你呢,返来。"我们没有暂住证,半夜三更,又留长发,还有什么好说的?!屁股上挨了两脚后,老老实实双手捧着后脑勺蹲在一边,最后自然是交了罚款才获得自由。我问治安员要罚款收据,结果是屁股上再多讨来了一脚,弄得我们颇为后悔,早知如此,不如听经理的"开开荤"。

又提到了治安员。在被人称之为“打工文学”的小说、散文中，治安员极少以正面形象出现，起码我当了四年打工刊物的文学编辑，未曾看到“打工文学”中出现一个正面的治安员形象。治安员里无好人？答案肯定是否定的。但肩负着维护社会治安的治安员，在某一段时间内，恰恰又扮演了社会治安的破坏者，治安员和打工者关系紧张，也是不争的事实。我有个朋友，写小说，曾经当过治安，文职的，抄抄写写做点宣传。他以发生在身边的事为原型写了一篇小说，结果他们队长看到了，对号入座，很是恼火，骂我朋友是“反骨仔”，并勒令他“马上滚出深圳，否则老子见一次打一次。”据说现在进入了所谓的“后打工时代”，关于“前打工时代”和“后打工时代”的分界线，似乎未有定论，有人划在新千年，有人将温总理给农民工讨工资划作分界线，也有人认为，孙志刚事件是“前打工时代”和“后打工时代”的分界线。孙志刚事件之后，国家取消了收容制度，打工人行走在大街上，也多了一份从容。

好了伤疤忘了痛，我们都是健忘的人，我也不例外。

2000年5月，命运给了我一次机会，当时名声颇响的打工刊物《大鹏湾》邀我加盟。我离开工厂，成为一名编辑。后来才知道，我有幸成编辑是多么偶然。当时，我有篇小说发表在《大鹏湾》，要配照片，就交了一张登记照。这张登记照，从某种意义上来说改变了我的命运。当时照登记照，背后的布上是印有标尺的，便于确认身高。可能照相时背景布没拉直，本来一米七七的我，照片上显示身高一米八三。当时《大鹏湾》招编辑，我是众多备选作者之一，在其他条件相差不大的情况下，我的身高就成了优势，因为我们主编喜欢打篮球。当主编见到我本人时，多少有些失望，得知我根本不喜欢运动，是典型的“龟息派”，能坐着不站着的那种，颇为失望。好在我工作卖力，主持的几个栏目办得还有些声色，三个月的试用期后，终于留在了杂志社。后来我常想，如果当时照出来的身高不是这样，我将继续在工厂打工，我的命运会是怎样？我不得而知。

我们刊物是采编一体，从打工仔突然变成记者、编辑，那种兴奋可想而知。我在办公桌玻璃下压了一张纸条，上书“铁肩担道义”五字，我以为我能做一个铁肩担道义的人。从2000年5月到2004年4月，我一直在这家刊物打工。现在回想起来，这几年间，我的改变很大。最大的改变，就是从一个热血青年变成了老油条。我似乎成熟了，但也丢失了许多品质。现在，当我有机会成再次成为一名文学编辑时，我很珍视来稿中那些最初的、质朴的东西。而当年，当我走进《大鹏湾》时，我深信“铁肩担道义”，离开时，变得“著文只为稻粱谋”。是什么使然，我觉得值得深究一下。理想与现实之间，有着巨大的落差。当我在工厂打工时，我觉得《大鹏湾》是一份了不起的刊物，它为打工者说话，它揭露打工黑幕，在铁屋子里发出呐喊，我天真的认为记者是无冕之王，见官大三级。进了杂志社才知道，这份月发行量曾逾十万份的刊物只是一家内刊，没有全国刊号，差不多属“非法出版物”。而我们所谓的“记者证”，在深圳市宝安区范围内还好使，离开宝安就不灵。

我曾经试图为自己由一个理想主义者变为一个颓废主义者找到借口,我找到了一些故事。比如:进杂志社后不久,我和同事曾解救过一个据说是被强迫卖淫的女子,几个同事安排了她的吃住,第二天,我给她买了回家的车票送她回家,给司机钱让司机带她一起吃饭,后来得知,刚出宝安她就下车了,而据司机说,车一开,她就在打手机和朋友联络。又比如:有人打电话给我说他准备自杀,他要把人生最后的一个电话打给我们。我约见了他,倾听他的故事,也做了必要的调查。他的故事很感人,从打工仔做到老板,后来工厂毁于一场大火,他坚持付清了所欠工人的工资,直到身无份文、走投无路。我劝他好好活下去,并为他写了一篇报导,文章发表后,在读者中产生了极大反响,每天都能接到一些转给他的信。后来我得知,他利用读者的同情心骗了不少钱。南山区的一位读者,出于对我们杂志的信任,一下子就被他骗了五万元,而我一直蒙在鼓里。开始他还会经常给我电话,或来杂志社拿读者给他的信,当我得知他骗人钱,在电话中质问他为什么骗人后,他就永远消失了,用余华的话说,像水消失在水中。那时我百思不得其解,我不清楚,是什么让一个准备放弃自己生命的人,突然变得如此不堪。在他的内心深处到底发生了什么。很长一段时间我都很自责,觉得那些人被骗我难辞其咎。

这样的事经历多了,我变得多少有些冷漠,人心与人心间多了一层怀疑。

多年以后,我读到一本叫《人的问题》的书,书中提到"道德的运

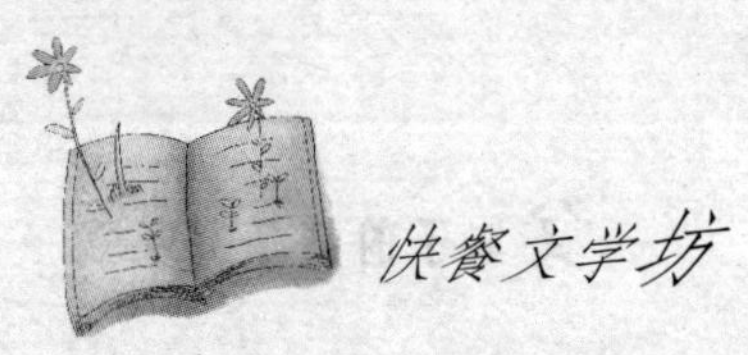

气”，每个人，面临着不同的“道德的运气”。我能指责他们，无非是道德运气比他们更好一些。如果我遇到他们同样的处境，我真能比他们的选择更高尚吗？我不敢给出肯定答案。因为假设的处境，和设身处地的感受有着天壤之别。刀子割在身上的痛，和想象一把刀子割在身上的痛没有可比性。同样是多年以后，我开始阅读一些佛家典籍，知道了“有相布施”和“无相布施”的区别，才蓦然觉醒，并为自己的过去而汗颜。那时打工者的处境比现在要严峻许多，而一份打工刊物，在他们心中，差不多就是最后的诺亚方舟。读者给予了我最大限度的信任，他们遇到工伤问题给我们电话寻求帮助，他们遇到情感问题给我们电话寻求安慰，他们把人生的最后一个电话打给我们，他们对未来抱有最后一线希望。而我呢，我对得起他们这生命最后的信赖吗？我是多么狭隘，仅仅因为一些欺骗就变得冷漠起来。“我本将心付明月，谁知明月照沟渠。”这是他们的不幸。我忽略了另外一些故事。比如蛇口一位准备轻生的人给我写信说他是个同性恋者，很苦恼，想自杀，但在接到我的信后，他回信说他走出了阴影，并为当初的轻生之念感到羞愧。比如一位走投无路的打工者，生了病，手无分文，他决定到《大鹏湾》来试试，我给了他一点小小的帮助。多年以后，他几经周折找到离开杂志社当起了自由撰稿人我，那时他已是上海某公司驻深圳的经理，事业有成，他很感激我，一直想着报答我。

然而，我还想追问一下，不是为自己开脱，而是希望更多的人想一想，又是什么，让他们，这些打工者，把最后的希望寄托在这样一份刊物身上？

打工文学刊物，曾经在上世纪90年代中后期，甚至新千年之初，深深地影响着一代打工者。一份内刊，仅在珠三角月销量逾十万份，其中原因，像上世纪80年代文学深深影响过一代人一样，曲异而工同。打工者文化生活的贫乏，成就了当时的打工文学刊物。然而天地良心，我们当时并没有用全部的热情办刊，也未充分认识到自己其实能担当更多。

再为自己找一个借口吧。我会说，一份非法出版物的力量是何其有限。我们时时面临着停刊的风险，我在《大鹏湾》做了四年，其中停刊两次，一次达半年之久。而我之所以进入杂志社，也是因为遇到了停刊，前面的编辑走了，而我离开杂志社不到两个月，《大鹏湾》就永久性地停刊了。但现在，珠三角的书报摊上，依然可以看到《大鹏湾》，聪明的书商知道这三个字的价值。现实像一盆盆凉水，渐渐浇灭着我曾经的激情。刊物随时面临停刊，我们的工作干干停停，既要编稿写稿，又要联系内地有刊号的刊物合作挂靠，刊物每停一次，发行量就要下去一半，又要想尽办法搞发行。前途未卜，风雨飘摇。一个北京来的骗子吹牛说有通天本事，能为我们拿到刊号，结果把杂志社上上下下哄得团团转。我清楚，我随时可能重回工厂。而妻子没有工作，孩子眼看要上学，总之是眼前一片黑暗。有的同事利用这难得的机会自考，而我，却常常借酒浇愁。

喝酒是常事，经常醉醺醺半夜三更被朋友架回家。有时喝醉了酒，

一群人半夜三更走到海边,大笑、大叫、大哭,听崔健的摇滚。心中有太多的理想,但找不到通往理想的路。那时宝安有个大排档,排档前有几棵桂花树,我们常去那里喝酒,喝醉酒,或爬上树去,或把寻呼机扔进旁边荷塘,或把酒往头上倒。我们从晚上七八点喝到次日凌晨四五点,记得和一家报社的记者们喝酒后打过架,记得酒后在宝安的大街上顶着狂风暴雨踢翻一路的垃圾桶……半夜三更开车去布吉,醉醺醺回到办公室,当真是丑态百出。现在想来,何其荒唐,但那是我苦闷的打工岁月中曾经的真实。

细究一下,之所以这样,实在是在工厂呆得太久,知道工厂打工的苦,好不容易离开工厂,我不想再回去,受苦是次要的,当编辑让我获得了前所未有的尊重,让我经常觉得自己还是个人。这种被人尊重的感觉真好。比如,怀里揣着记者证,在宝安,我不用害怕治安仔,有朋友被抓了,CALL我,我还能从治安手中免费把人捞出来;比如那时开始禁摩,但我可以骑着挂有“采访专用”的摩托车上下班;比如我的亲戚朋友遇到劳资纠纷,他们可以不用去找劳动局,而直接找我……我知道,这一切,不是因为我怎么样,而是因为我这份职业,我不想失去这些可怜的既得利益,但又只能眼睁睁看着它们溜走。我特别能理解那些提议禁止农民工进入北京,反对取消城乡二元户籍制度的学者,不管他们说得多么冠冕堂皇,并从理论上把禁止民工入城,反对取消农村户籍上升到国家和民族未来的高度,我一眼就看穿他们的把戏,他们无非在维护自己的既得利益。利益的蛋糕就那么大,突然多了这么多人来分，就有可能把本该给他的蛋糕切掉一小块。中国的许多问题，其实都是利益如何分配的问题。看穿这个本质之后，我自然就能理解那些学者为什么这样说。但问题是，怎么分配的游戏规则掌握在少数精英手中，而草根们又缺乏为自己争取蛋糕的合法手段。说到底，我从来不是急风暴雨式的革命的拥护者，而是寄希望于温情脉脉的改良。清醒者总是痛苦的，也许，今朝有酒今朝醉的颓废，是不错的逃避。

2008年，女儿上小学五年级，一次家长会上，老师念了篇孩子的作文，题目是《给爸爸妈妈说说心里话》。那位同学说，她希望爸爸不要再喝酒了，说爸爸喝醉酒打过她。我妻子去参加家长会，后来她对我说，当时她听了，心里很鄙视那个没有教养的酒鬼家长。当她得知那文章出自她女儿之手，那酗酒打孩子的家伙原来是她老公时，她羞愧得无地自容。其时我不酗酒已多年。我想起来，有那么一回，我是酒后敲了女儿的头，那时，女儿三四岁吧。没想到，这阴影，一直埋藏在孩子心中。

其实不用讳言，打工近二十年，我一直努力做的一件事，就是脱离打工阶级，努力融入身处的城市。我并不觉得城市代表恶乡村代表美，处处有恶，处处也有美。我喜欢城市胜过乡村。我这样的说法，曾经被人指责为忘本，将来也许还会被人指责，但我想，我说出的是许多从乡下来的打工者的心里话。每个人都有追求幸福生活的权利，只要他的幸福不是建立在别人的痛苦之上，谁也无权指责。去年在鲁院期间，有位作家给我们授课，他认为现在乡村被破坏了，到处修着一样的洋楼，

乡间小路也不再是石子路泥巴路而是水泥路了，这位作家忧心忡忡，觉得乡村再也没有了诗意。我当即表达了我的愤怒，难道农村人就该住在破破旧旧的房子里，走在泥巴路上，来满足你这种虚伪的诗意?然而，对于多年前的我来说，许多年的努力，这个愿望依然是茫然的，融入城市，只是一种美好的梦想，理想有现实的差距，某种意义上扭曲着人心。麻木与沉沦，足足三年时间，我几乎没写什么小说，也负了铁肩担道义的初衷。所有外在因素都是借口，真正变化的是自己的内心，那些软弱、自我、逃避，轻易把理想淹没。

2004年，我离开了杂志社，把自己关在出租屋里，读书，写作。浮躁的心渐渐平静下来，我已过而立之年，也该想一想这辈子我究竟想干什么，能干什么。我近而立之年才开始写一些豆腐干，而差不多三十五岁，才真正弄明白我为什么要写作。由最初的想找一份工作，到后来的想挣钱养家糊口，再到后来的觉得自己对提升打工文学有着一份责任。而现在，写作不再是为了这些，写作成为我和这个世界沟通的工具，成为我表达自己的思考与观点的手段。想起在鲁院学习期间，有同学说他一直把我引为对手。当然，他指的是文学上的。我感谢他对我高看一眼，但我对他说，我只把自己当对手，我要努力战胜的人只有一个，那就是“我”。

五 后记

1

很多年了,从我懂得我必须要用自己的双手,孤立无援地去奋斗,为自己,也为我那个在贫困之中风雨飘摇的家而拼搏的那一天开始,我就一直生活在惶恐之中。我惶恐,害怕自己的松懈与懒惰,平庸与无能。从十六岁离开家乡第一次步入城市打工,我就感觉出了我内心的孱弱与对周围世界的敬畏和惶恐。对于城市的敬畏与不安,远远胜过了内心深处对城市生活的渴望。走在陌生的城市,就如同在无知的少年时代,在暮色苍茫的黄昏里闯入了黑压压的森林,暮归的乌鸦、忽然跳出的野兔、阴森森的老坟堆………但我没有锐叫,没有退缩,我大声歌唱,大吹口哨来掩饰内心的不安。听说鬼魅也是怕人的,你不能先胆怯了,就是胆怯了,也不能表现出胆怯。少年的经验被我移植于后来的打工生活中。于是在城市,我显得那么的从容,可是又有谁知道我从容的背后,其实是深深的不安与惶恐。这些年来,我做了一个打工流浪记者，为打工人的权益尽着一点微薄的力量，也发出着一些微弱的呐喊。以一个记者的身份接触打工人，让我对打工生活又有了不同的看法。我越来越觉得我们这些打工人内心的惶恐与无助，这种内心的惶恐是相通的。一晃，在这种惶恐中，我步入了三十岁的门槛。三十岁的某一天，一个阳光灿烂的午后，我在书店里看书时，脑子里突然冒出了一个词：烦躁不安。我知道这是生命对我的恩赐，是上天在我三十岁时赐予我的礼物。十多年的流浪，对于城市的惶恐已退居了心灵的最深处，而浮躁的我，正一日日的不安了起来。不是对于自己的生存状况，而是对于一日日远去的生命。三十岁，我看多了生命中许多的别离、生老病死。一些很好的朋友、老师、同事过早的离开了这个世界，一些曾经胝足而眠的挚友也各奔东西，也许再也无法相见，每念及此，一种紧迫感油然而生。对于我们的生命，我没有太多的渴求，只有感恩，真正的感恩，来到这个世界上走一遭是上天的恩赐。一个物种从诞生到灭亡的平均寿命大概是一亿年左右，恐龙主宰了地球一亿年，人类已经有了几十万年的历史，我们有幸来到这个美丽的星球，亲历这里的美丑与善恶，和平与战争。虽然是如此的匆匆又匆匆，我依然感谢上苍！对于只读过初中的我来说，选择写作作为生命中的最爱，我知道一开始就注定了其路的曲折。然而我别无选择，也无从选择，一切那么自然地开始了。流浪了这么些年，见识了这么多的事，想了那么多的想不明白，于是，有了笔下的文字。也许有一天，这份对于文字的酷爱会忽然消逝，也必将消逝，只是时间迟早的问题，像我们的生命一样。在我三十岁的这个阳光灿烂的午后，我邂逅了这个词：烦躁不安。于是我决定抓住它，作为我抚慰内心惶恐的一剂药方，也作为对我三十年人生的一份见证。写作完这个小说的初稿只用了一个半月的时间，其间回了一趟老家。写完了就放下了，两个月后再拿来看，心中更多的依然是惶恐。从初稿的二十万字删到现在的十七万字多一点。现在回过头来看这个小说，我已不清楚，当时为什么会有其中的一些细节、一些人物，仿佛一切早已在我的生命深处，被一扇门关了起了，只是在三十岁的这一年，我打开了门，让他们走了出来。我依旧的不安，依旧的惶恐。但愿我的烦躁之心，能一日日的淡下去，心中有了太多的欲望，才会有烦躁不安的煎熬。三十岁里，读到了《道德经》，以前也读过的，没有现在读时想得这么多。三十岁时读到，有了不同的感悟。四十岁时再看，也许，那时我已不再惶恐，不再烦躁不安。

是为后记。

注：此文为长篇小说《烦躁不安》后记2005年花城出版社

2

这四年，我一直居住在一个叫31区的地方，31区是深圳宝安的一个区，一个城中村。这里的房子是典型的亲嘴楼，我就住在这样的亲嘴楼里。2004年，我在31区的亲嘴楼里开始了自由写作的生活。一起在这里自由写作的还有几位朋友，后来他们大多离开了，因为深圳的写作成本太高。我很想他们都不要走，大家一起在这里写作、喝酒、吹牛，可是他们都要离开。我说，有一天，你们会怀念31区的。也是在这个时候，我突然有了个想法，我要写一本书，书名就叫《31区》，我的本意，是要用这样一部书来纪念我们的生活与友谊，这是《31区》这本书的写作缘起。

后来很长一段时间里，我开始构思这部书，而且有了一个比较成熟完善的构想，我想写出这样一个地方，一个让我们欢乐也让我们流泪的小小的城中村，可是到了动笔之前，说不清是什么原因，我突然想到了玻璃这个词。如果当时我没有想到这个词，我想《31区》将是完全不同的另外一本书，可是我邂逅了这个词，并且被这个词深深地迷住了，我在电脑上敲下玻璃两个字时，我仿佛感觉到了一股清冷而神秘的气息在向我涌来。我就这样开始背离了长时间的构思，信笔写了下来。一开始，我并不清楚我想要写下一些什么，一种气息，一个久远的梦，一些迷离的人，一些飘浮不定的记忆。它们好像老早就伏在某个像31区一样悠长的小巷里，等候着我的召唤。

这本书还是延续了《活物》的风格，但又有了一些改变。它和《活物》一样的荒诞，一样的像一个古老的寓言，一样的像一个久远的梦，一样的有着许多暗示。不同的是，《活物》是幽默的，甚至于有那么一点无厘头的色彩。而《31区》是冷漠的，阴冷、潮湿、梦幻。我无法逃离这种气息，这是我的夙命，是我多难的童年在我的生命中打下的烙印。那个叫楚州的地方，是我一生一世的梦幻。也许在完成这个小说之后，我会走出那片阴影。

这里的31区并不是我生活的31区，这是一个存在于我的梦幻里的地方，也许在我很年少时，就存在于我的生命中，在2004年的这个冬天，终于从我的生命中浮现了出来。我想，一个人和一本书，其实是一个冥冥中的约会，就像我和这本叫《31区》的书。这部书里出现了很多的人物，比如银珠，比如纸货铺的老板，比如算命先生、老中医，这些都存在于我童年似是而非的记忆中。记忆其实是最不可靠的，我们总是在人为地歪曲着我们的记忆。我甚至无法说清我记忆中的童年到底是曾经的真实，还是我后来的想象。我想两者都会有一些的。记得我年少时，就非常害怕我们街上的一个接生婆子，因为人们传说她溺死一个小孩就像溺死一只猫。算命先生在我很小时就走进了我的生命中，事实上从我出生时起，父母就把我的命运交给了算命先生。算命先生拿到我的八字之后，用一首诗对我的一生作出了惊人的胡说八道。我到现在还记得这首诗中说我"此命算来最清高，早把黉门姓氏标。待到年将三十六，蓝衫脱去换紫袍。"这四句话深深地影响了我的一生，因为我的父母坚信我在三十六岁那年会当上大官，因为算命先生说我要蓝衫脱去换紫袍。遗憾的是我让我的父母的期望和算命先生的鬼话落空了，初中毕业后我开始了四海为家的流浪生活，我一直生活在社会的最底层。在我最无助最落魄的时候，我会想起这个算命先生的话，这是我的精神鸦片，他多少可以麻木一下我的痛感。我还写到了猫，对于猫我是没有一点好感的，在我很小时我就特别害怕猫，原因是，在我六岁或者

更小的某一年冬天，一只冻得受不了的野猫钻进了我的被窝，它吓到了我。这个记忆应该是真实的。在小说中，我多次写下了猫这种动物，它们总是能给小说带来一种怪异的氛围。可是我不是有意的，我是无意识的。在我写这篇后记时，我回望了我过去写下的那些小说，我发现我不只一次地写到了猫。在《出租屋里的磨刀声》中第一次出现了它们的身影，在《活物》中我也写到了一只无处不在的黑猫。我为什么会不停地写下它们，我想这可能是一种下意识，这种书写的根源早在我六岁那年的那个冬天就埋下了伏笔。在《31区》中我又写了猫们的集体自杀。我们那里的说法，猫是有九条命的，猫被我故乡的人赋予了特殊的象征。在我的故乡，吃猫肉是一种让人无法容忍的事情。听说广东人吃的龙虎斗就是蛇和猫，我只是听说过而已。

31区是一个没有法律，没有道德约束的地方，盲女孩玻璃来到了这样一个地方，就注定了悲剧已不可避免。现在我似乎可以说，这是一本关于罪与罚的书，一本关于道德与本能的书。

注:此文为《31区》后记2006年上海作家书局北岳出版社

3

开始动笔为这部书写下后记时，离我在2003年的冬天动笔写下第一个章节，已经很遥远了，离我背着蛇皮袋离开长江边那个叫南湖村的小村庄更加遥远。遥远得在回望来路时，心里总是止不住感慨万千。

动笔写这部书的初衷，只是想对我的童年和少年生活，作一次深情回望。于是先有了这部书中关于童年和少年的篇章。后来，书中的少年长大了，和当年的我一样，用蛇皮袋背着梦想离开故乡出门打工。后来，少年的哥哥王中秋，那个曾经有着那么多梦想而又无奈梦想过早破灭的乡村才子，心中的梦也渐渐复苏了。这是时代给他们的机遇，如果没有开放的生活，就不会有王中秋后来的梦想。然而，生活对于我的王中秋而言是残酷的，他耽搁了很多年，他太急切，而城乡生活巨大的落差，让他陷入了迷途。我明白，我的写作不能就这样停下来，我要继续关注他们后来的生活。于是，在书中，“我”离开了故乡，西狗离开了故乡，王中秋也离开了故乡，为了梦，从乡村来到城市。

这是我们这一代人的故事。

几乎每一个打工者，都是理想主义者。

这部书，其实就是一群乡村理想主义者的成长故事。

记得有一位名叫黄柏刚的博士，在看过这部书的部分章节后，认为这是一种“双重边缘的农村青年成长叙事”，是一种有别于余华、苏童的另类成长叙事，正如他所言，我在这部书中描写的这些青年，“他们在困境中的自我救赎和对理想生活的追求，体现出了自己的独特性和鲜明的时代特征。……这种对生存状态和生命价值的追问和困惑是那个年代和他们所处的环境注定无法逃遁的。”

而我，更愿意把这本书看着对我过去岁月的回望和祭奠。

书中的“我”，有着现实生活中我的影子，书中的王中秋、西狗、刘小手，还有阿标、四毛，也都有着他们的原形。我还记得，当我写到四毛之死时，我是多么悲伤，我几乎是一边流泪一边打字的。四毛没有赶上打工潮，没能遇上乡村青年可以自由选择自己的生活的时代，他的悲剧，让我对后来的漂泊生活生存感恩，如果没有改革开放，没有后来的打工生活，四毛的结局，也许就是我的结局。也正是因为如此，后来，当我走出乡村，在城市打工时，面对生活中许多的磨难与艰辛，都能以一颗平常的心，一颗感恩的心来对待。书中的人物离生活中原形最接近的是四毛，另一个是阿标，他是我曾经的工友，我们在打工途中，结下了深厚的友谊，我不止一次在散文中提到过他。而王中秋，是很多人的合成。

从乡村来到城市，我们努力在适应一种全新的生活，生活也在改造着我们。上个世纪中后期，传销潮席卷中国，它之所以对人心有如此巨大的蛊惑，实则源于，在平凡人的生活中，理想与现实的差距太大，大得让人觉得遥不可及，而传销，却让许多人以为希望就在明天，触手可及。我有太多的工友卷入了传销，而我，也去听过传销课，也激动过，只是因为我没有足够的钱入伙，命运才把我引上了另外一条路。对于王中秋，我怀着深切的理解，我们谁都无权在道德上指责他，正如《人的问题》一书中所指出的，我们每一个人的道德其实都面临着不一样的机会。一个人，走上这样一条路和那样一条路，是生活的选择，不能简单看作是道德的选择。

我写下过一篇名叫《国家订单》的小说，在小说中，我曾这样描写我们这一代人另一种命运的开端："他背着一个破蛇皮袋离开故乡，那是一个清晨，天刚蒙蒙亮，初春的风，吹在脸上，像小刀子在割。路两边，都是湖，湖睡在梦中，那么宁静，他的脚步声，惊醒了狗子，狗子就叫了起来，狗子一叫，公鸡也开始叫，村庄起伏着一片鸡犬之声。他在那一刻停下了脚步，回望家门，家里的灯还亮着。"

《人民文学》的编辑在卷首里这样写道：

这是一个典型的中国情景。三十年来，无数的中国人在这样的清晨离开了他们的村庄，怀着对外面的广大世界的梦想开始漂泊与劳作。他们是"中国奇迹"的创造者，他们使中国成为世界工厂，使"中国制造"遍布世界的各个角落。与此同时，他们也在创造着自身的生活和命运，他们梦想着奇迹，而前所未有的机会与自由在这个时代正向着人们敞开。

是的，前所未有的机遇在向人们敞开，这是一代人的梦想的开始，而通往梦境的过程千差万别。有些人成功了，有些人失败了，更多的人，无所谓成功与失败，他们的激情渐渐被生活磨平，追梦的过程，最终变成了另外的一种生存方式。早期的打工者，大抵是怀着梦想出门打工的，是理想主义者，而后来，打工成为一种常态，一种不用选择的必经之路。理想主义的色彩淡出了，我不知道，这种转变意味着什么。我接触过许多80后、90后的打工者，他们的心态，比我们这一代人要平和，他们没有那么理想主义，他们以一种常态来看待打工生活，融入城市

的渴望似乎也没有我们那么强烈。我觉得这是好事，我们打工，背着沉重的包袱，他们打工，是轻装上阵。可欣慰之余，我又有些担忧，我觉得，人还是要有些理想主义的。

回望来路，我在外打工已经有整整十五年了，我依然在城里漂泊，我努力渴望在城里扎下根。去年，也在东莞的一个小镇上有了自己的房子。我以为我是城里人了，可当我面临孩子上学，面临要去买医保、社保时，我才知道，我的肉身住在了城里，可是我并没有拿到进入城市的准入证。我的孩子要读民办的学校，我们还是无法为生活买上一份保险。可是这些重要吗，如果有一天我真有了这准入证，我就能成为城里人，能真正融入城市吗？我的骨子里流动的是农民的血，我的亲人们都住在那个叫南湖村的村庄。那么，我还是一个真正的农民吗？我一日日肥胖的身躯，还能在农田里侍弄庄稼吗？我真的还能适应农村的生活吗？我不能！我曾在一篇文章中这样描述我现在的状态，我说我是一个漂荡在城市与乡村之间的离魂。当然，这是很文学的说法，通俗的说话其实更准确——农民工。我不是农民，不是工人，我是农民工。想出农民工这个词的人，当真是个天才！

当然，这样的状态，不是孤立的、偶然的、个体的。如果是这样，那么对于它的书写，就失去了文学普世的价值和意义。我的作品，如果也曾经感动过一些读者，我想，正是因为，我笔下人物的苦乐酸甜，不是某一个人的，也不是小说中的人物独有的，他是一个群体的缩影。如果我的文字，从某一个侧面写出了这个时代的某些特征，那，我也就心满意足了。

感而慨之,是为后记。

4

本来不打算为这部书写后记。初稿完成，感觉人整个儿已被掏空。我的经验,之前每写完一部长篇,都会病一场,一两个月不想看书,也不想开电脑,只想让自己彻彻底底放松,放松到对写下的这部书有了陌生感,再回头慢慢修改。但这次不一样,在电脑上敲完最后一行字,又重读结尾,突然觉得心里很难受,说不出来的感觉,仿佛在外面受了委屈的孩子回家见了父母。然而我没有让泪水落下,只是静静读一遍小说的结尾,再读一遍,我害怕这结尾成为某种宿命——我的,或者我们的。然而,泪没有下来,心里反倒越发难受,终于抑制不住,狼一样在家里狂嗥,恨不得把自己最后的一丝气力都耗尽。内人是知道我这习惯的,欣喜地说:写完了！父亲却着实吓了一跳,害怕我受了什么刺激,紧张地看着我,有些不知所措。我把家里的窗都打开,把灯都打开,把电视机的声音开到最大,把音响的声音开到最大,听萨顶顶。我有一种晕乎乎的感觉。父亲说,写完了就好,写完了,好好休息,这哪里是写书,完全是在拼命。我父亲之前以为他儿子靠写书维生,是很清闲的,来东莞后才知道,原来写书是这样的累。我想,是

得好好休息了，抽出时间，也该陪父亲四处走走。去年腊月，父亲从老家来到东莞，我正要写书，也没有时间陪老人四处走走，正月初二那天，倒是一家人去爬了小镇的观音山，结果走到半路，父亲犯病了，晕倒在半山，上也不成，下也不成，后来只好把父亲背上山，惹得一路上的老人都感叹说“真是大孝子”。他们哪里知道，这么多年来，我一直为了生计在奔波，何尝尽过孝道。白天，我写书，为了保持家里的安静，父亲不敢开电视机看电视，就一个人到小镇四处瞎逛，父亲差不多把小镇走遍了。晚上，父亲睡我书房的小床。我的习惯，是清晨起来写作的。每天清晨，四五点钟，我轻手轻脚进到书房，打开电脑，然后在天台上站一会儿，看看欲曙前的群山。阳台上是种了一些花的，一株白玉兰开得旺盛，清晨的白玉兰格外香。我想，沁人心脾，大概就是形容这样的清香。然后，喝一杯浓浓的咖啡，让自己处于兴奋状态，坐在电脑前，进入我虚构的世界，和小说中的老乌、阿霞们同悲同喜。我怕惊醒父亲，总是尽可能轻手轻脚，但每次一上楼，父亲就醒了，他闭着眼，装着还在沉睡的样子。我大约要从清晨四五点一口气写到九点钟，才会起来活动一下，再冲一杯咖啡，接着写。这时，父亲才会起床，不声不响地下楼。写作长篇的过程，真的像跑马拉松，害怕跑到半路，甚至快到终点时，突然泄了气，或是再也支撑不下来，神经每时每刻都绷得紧紧地，我努力让自己的生活变得极其有规律，每天清晨起来写作，写一上午，下午改两个小时，绕着小区跑步，吃完晚饭看一会探索发现频道，九点钟准时上床，闭着眼想一会明天要写的内容，然后迷迷糊糊睡去。现在想想，写作长篇的时候，其实最累的不是我，而是家人，家里人都知道我在拼了命写长篇，都是小心翼翼的，生怕一不小心，说了什么，做了什么，影响到了我的情绪。特别是当我写过二十万字的时候，人真的是脆弱得不行，一点批评意见是听不得的，一点可能影响我自信心的话，或是会让我不快乐的事，家里人都避而不谈……家人也跟着我在憋着一口气。终于，敲完了这部长篇，电脑统计近四十万字，我有一种成就感。由于有了之前写完长篇都会病一场的习惯，我在等待着这病的到来。然而，这次我居然没有病，只是觉得有些累，没几天就恢复了，居然在写完初稿之后，又趁着余勇写了一部叫《九连环》的中篇，交给了《人民文学》，然后再回头慢慢改长篇，然后交给杂志社和出版社的编辑。这部长篇刚动笔的时候，《中国作家》的李双丽女士得知我在写长篇，就一直关注着小说的进展，因此小说完稿后就发给了她。李双丽女士是我极尊敬的编辑，我的另一部完成于2004年的长篇《活物》，就是在周游各出版社杂志社数年后，于2008年经李双丽女士之手刊发的。可能是与李姓的人有缘吧，巧的是，这部书单行本的责编也姓李。李谓先生也是我的第一部长篇《烦躁不安》的责编。两位姓李的责编都给了这部书稿以肯定和鼓励，李双丽女士说她是一口气读完的，而李谓先生说他读我的稿读到晚上三点，这让我很感动。李谓先生说，你还是写一个后记吧，长短都可。我之前出过四本书，也都有个千余字的后记，但这部书，我说我不想写了，若真要写，就写一句话："我要说的，都在这部书里，我已无话可说。"稿

子交出去之后，这部书稿的命运，就不是我能把握的了，我决定忘记它，我真的差不多要淡忘它了。从去年开始，我有了另外的一份职业，不再是纯粹的自由撰稿人，还打了一份编辑的工。我想，接下来，我得努力向我的责编们学习，努力做一名称职的编辑。时间就这样流逝，忙忙碌碌，看稿编稿。突然一日，办公室就我一人，外面下着大雨，电闪雷鸣，我把办公室的灯都关了，办公室里像夜晚一样黑，坐在电脑前，我突然有了要为这部书写一个后记的冲动，说干就干，于是顺着感觉写了下来。上面说的这些似乎都是与这部小说内容无关的话，这样的后记，似乎于解读这部书没有什么帮助，姿态也很低，一点都不文学，更不哲学。但我想，在这个下午，突然为这部小说补下的这则后记，也是这部书的宿命。我突然有点为我的这部书揪心了起来，我是多么希望，这部书能以一种理想的面目呈面给我的读者啊，无论内文，还是装帧，但这些，我再无权把握，我是多么渴望多一些人能读懂我写这部书的用心啊，但这些，于我也是未知。

说到这里，还是说两句与文学有关的话吧。近一段时间来，我多次在文友聚会上提到了一个概念——大乘文学。我不反对有人去写小情小调的文学，写自我关怀的文字，但我一天比一天意识到，我们这个时代，更需要一种有着大情怀的文字，有着度己之外更兼度人之心的文学，这就是我所谓的大乘的文学。我们的作家，要有更大的情怀和目标。这样说，似乎是在说，我的这部书，就是有着大情怀的。这样的自我标榜，很容易招来板砖，还是谦虚一点——我是努力让这部书有大情怀的。

5

这是我的第一本小说集，而且是自选集，选起来不免费点周折。

汪曾祺先生说他选自选集是“老太太择菜”，把老梆子黄叶子择到一边，看一看，又丢进筐子里。当年我读到此处，不禁莞尔。而今于我却是另一番窘境，这些年不停地写，写了二百多万字的小说，中、短篇也有百余万字，但真要选一个集子时，才觉出了汗颜，拿得出手的作品竟是如此之少。

这些年来，我被定位为打工作家，经常会有一些记者问我，是否认可这个身份定位，我想了想，对于这个身份，我的认识，有一个过程。刚开始写作，我认可这个身份，那时我是一个打工者，我也只写反应打工生活的作品，我觉得我就是打工作家；后来有一段时间，我没打工了，当起了自由撰稿人，并且写下了《活物》《31区》这两部被认为是魔幻现实主义的长篇，后来又写下了《烟村故事》，我觉得打工作家的身份，似乎无法真正涵盖我的写作，这个身份形成了对自我的遮蔽。那段时间，我对这个身份定位产生过怀疑，我不认可这个说法；现在，再问我这个问题时，我的认识又发生了变化，打工作家，是印在我身上的胎记，我没有必要去展示它，也没有必要去讳言它。

说说这个集子，这是个自选集，但字数有限定，于是我主要选了一些中篇小说，短篇小说没有选。但《烟村故事》在发表时，是分别以一组一组的形式发表在文学刊物上的，有些刊物当中篇发表，有的刊物当短篇发表。而我的想法，这些小说是一个整体，它们构成了我的另一个文学世界。这个世界是我对一种可能的幸福生活的梦想，生活在这个小说世界里的人物物质基本上是贫乏的，但他们的精神却很高贵。有人认为我写的不是真正的乡村生活，我想说的是，我写的是我心灵中曾经存在过的乡村，一些美好的事物。我的用心，是要唱一曲传统美德的挽歌。人道主义者认为，人是人的最高价值，我希望自己是一个人道主义者。

写后记免不了谈谈自己对文学的认识，我并没有形成系统的理论来支撑我的写作。有限的一些认识，差不多都零星地在创作谈里谈过，这里就捡巴捡巴，老调重弹罢：

回望我的写作之路，一路上，磕磕绊绊，东奔西突。为何写了这样一个作品而不是那样一个作品，为何用了这样的手法而不是那样的手法，中间有许多偶然因素，也有必然的原因。这个必然，与我的生活、经历密切相关。而我能做的，无非我手写我心。

对于一个写作者来说，看问题的方式很重要。我们的生存境遇，我们的立场，往往决定了我们看问题的方式。立场有时往往和局限相伴相生，和简单共同生长，努力跳出这个以自身为关切点的局限，更加公正地看待生活，是我所追求的。小说说到底是写生活的，当然，这生活包括精神和物质两个层面。我们正在经历的生活是如此纷繁复杂，让人眼花缭乱，如何穿越这纷繁复杂的生活表相，去发现世道人心的真实图景，对我们这一代写作者来说，是一个考验。

我喜欢的写作是有温度的写作，最好带着写作者的体温和心灵的热度。汪曾祺先生说他的写作是人间送小温，我很热爱这句话。有几个朋友看了我的小说，说我写得很贴他们的心。贴心——我认为是很高的赞赏。据说有一类作家是用脑写作的，有一类是用心写作的，如果这样的分法有一定的道理，我想我大抵属于后者。我小说中的人物，都是我所熟悉的，是我的朋友、亲人、工友，甚至是我。他们的身上，或多或少有我真实生活的影子。或者说，他们的人生，就是我生命的多种可能性，是我们这一代人的可能性，只是在人生的三岔路口，我们终于走向了不同的小径，然而远方是相同的，我们殊途同归。

这一两年来，我多次谈到了文学要有大的情怀，并提出了“大乘文学”的观念，提倡文学在度己之外要有度人的情怀，要心怀天下苍生，这个观念说到底还是一句老话，文以载道。也许这样的说法会被讥为老土与落伍，但这四个字，是我的文学信条。

最后我想对中国社会出版社，对我的责编牟洁女士表达感激与敬意。一篇文章与作者的相遇是缘，而一部书稿与它的责编相遇也是缘。联系这缘分的，是编辑对作者作品的理解。现在这珍贵的缘分二度降临，在理解之外，则更多了一份信任与厚爱。也感谢我的读者，我知道，这些年来，有些读者一直在关注着我，我的小说他们都会找来看，也常

光顾我的博客，还会在阅读之后写下他们的读后感。他们为我取得的每一点滴进步而欣慰，也为我的每一次失败而直言，这也是一份理解、信任与厚爱。我能做的，是努力不负了大家的爱。

己丑年孟秋于广州龙口西

注：此文为中篇小说集《国家订单》后记，中国社会出版社2009年出版。

父与子的战争

多年的父子成仇人

多年的仇人成兄弟

——题记

中国人重视自己的根源与血脉，父系的历史，往往可追溯千年。我小的时候，曾听人说起我们王姓本来是武王姬发的后人，被封在晋地，到明朝时，我们这一支的祖上，从山西太原的大槐树下迁徙到湖北，开枝散叶，繁衍生息。过年时写"家神"，也是写"太原王氏历代祖先神位"，宗祠前的对联写的是"三槐世第，两晋家声"。而对母系的追溯，三代以上，便模糊不清了。我只知道母亲是湖南人，姓刘名菊香，至于外公、外婆的名讳，居然是不知道的。父亲生于旧社会，长在战乱中，听他说起小时的事，记忆最深的便是"跑老东"——躲避日本兵的追杀；其次便是对我的爷爷，他的父亲的控诉。我父亲和我爷爷是一对冤家。父亲九岁时，我奶奶去世，据说爷爷扔下了父亲不管，自己去湖南华容县讨生活了。爷爷也是吃过许多苦的，当挑夫，从华容县挑一担米，走几十里路到塔市驿贩卖。据说我爷爷年轻时好赌，当挑夫挣得一点可怜的银子，多半送进了赌场。况且其时我爷爷已再娶，要养活一家老小，自然无力再顾及我父亲。在我小的时候，每每不听话，不懂事时，父亲就会板着脸吼我们，“老子九岁就自立了。”然后数落我们如何无用。父亲每数落一次，我在心里对他的不满就加深一层，以至于后来听到“九岁就自立”这句话就反感，无论他是以何种语气说起，也无论父亲是对谁说起。

父亲曾读过两个半年的私塾，少时曾跟着戏班子走过江湖，东积西攒的，居然识得不少汉字，能看书读报，还会打珠算。那个年代，生产队尚要“结绳记工”，父亲自然是乡村少有的知识分子了。父亲担任过生产队的财经队长，大队的财经大队长，像个守财奴一样精打细算着一村人的收支。父亲很珍惜这份荣耀，对公家的事丁是丁，卯是卯，记得那时生产队号召颗粒归仓，我们这些小家伙都被动员起来去地里拾稻穗。但大多数小孩都在大人的授意下，将拾得的稻穗偷偷拿回家中，我也将拾得的稻穗偷回了家，母亲表扬了我。父亲知道后，黑着脸将我和母亲吼了一顿，责令我将稻穗送回生产队。我还记得我抱着稻穗一路哭着走向生产队的情形。我不理解为什么别的孩子都可以把自己拾得的稻穗拿回家，并能得到父母的表扬，而我不能。现在想来，这大约是我记忆中和父亲分歧的开端。

父亲那时很有一点意气风发的劲头。我爷爷带着我奶奶和叔叔们投奔我父亲，父亲收留爷爷时，是否数落过他我不得而知，但这事很让父亲扬眉吐气,也成为父亲一辈子的骄傲。后来,父亲在教育我们时,往往痛心疾首:“老子只读过两个半年私塾,就能看书读报,能打珠算,要是像你们一样读这么多的书,哼!”父亲用一声威严的“哼”,设想了他若是上学读多一点书的未来。和“老子九岁就自立”一样,“只读过两个半年私塾”自然成为父亲教训我们这些孩子们的资本,也成为父亲埋怨我爷爷的理由。爷爷知道他是欠我父亲的,知道他没有尽到一个父亲的责任,因此很怕我父亲。我爷爷害怕我父亲,还有一层原因,刚解放时,父亲报名参加中国人民志愿军,想去朝鲜战场建功立业,但被爷爷千方百计成功阻挠了,后来,那些没有死在朝鲜战场的人,回来后大多分配到县里工作了,父亲于是假设着他跨过鸭绿江,战功赫赫,从此命运发生改变。每说及此,父亲神往不已。

我爷爷也曾经是一方人物,关于他的赌,关于他捕捉鳝鱼的本领,在我们家乡已经成为一个传奇,而据说我爷爷在大跃进中还挨过斗,有漫画画过我爷爷,描绘着我爷爷从一条龙变成虫的经过作为反面教材贴在公社的墙报上。我爷爷一生从未服过软,也未怕过谁,除了我父亲。天不怕地不怕的爷爷,见到我父亲,本来高大的嗓门,顿时变得细小。记得有一次,有亲戚家办喜事,父亲是当然的“督管先生”,帮着亲戚家总管接来送往和礼宾事宜,我爷爷和几个老哥们闲来无事,坐在门口谈起了前尘往事,说他曾经见过贺龙,谈到忘形处,爷爷手舞足蹈,扯开嗓子唱了起来,惹得大人孩子围着看“把戏”。我父亲听见了,从屋里出来,黑着脸站在爷爷身后,爷爷不知道,还在眉飞色舞唱得起劲。父亲咳嗽了

一声，言简意赅地吐出两个字：丢人！爷爷听到，立马噤若寒蝉。父亲走后，爷爷的老哥们鼓励爷爷继续唱，我爷爷说，不唱啦，我儿子嫌我给他丢人。那一刻，我发现爷爷的眼神里满是失落。我爷爷一生的威严与荣耀，被他的儿子用“丢人”二字当众剥得精光。我记得其时已是黄昏，落日的余晖染红了乡村，夕阳下，爷爷仿佛一下子老了十岁。那天，爷爷再没有说话。许多年后，我依然记得那个黄昏，记得黄昏里爷爷的形象，记得爷爷的落寞与凄凉，为此，我不能原谅我的父亲。我没有想到，我在不能原谅父亲的同时，走上了一条和父亲一样的道路，就像我的父亲和他的父亲一样，父与子的紧张关系，就这样传承了下来。

我一直觉得，我和父亲前世肯定是仇人。父亲也曾说过，他一定是前世欠了我的，这一世，我是讨债来了。因此，在父亲和别人的交谈中，我被塑造成了“讨债鬼”。但父亲显然不甘心这样，他想用他所谓的教育方法，把我教育到他所认定的正确的道路上去。而在当时我的想法里，前世我一定是个恶霸地主，而父亲是曾受尽我盘剥的长工，所以这一世要让我做他的儿子，受他的指责、约束和打骂。每次和父亲争吵之后，父亲总是痛心疾首地对我说：“养儿方知父母恩”，又说，“天下无不是的父母，只有不孝的儿女。”我像反感父亲说他九岁就自立一样反感这两句话。我觉得父亲这句话太霸道，不能因为你是父亲，你就永远是对的，我是儿子，就永远是错的。其实现在想来，我当时不单单反感父亲说这样的话，我对父亲的反感是全方位的，觉得父亲一无是处。

父亲为我取名世孝，“世”是我在家谱中的辈分。“文明言永昌，先昔世泽□。”这是我家谱中的辈分，泽字辈后是什么我不记得了。写此文章时想打电话问问父亲，想想还是作罢，决定用□代替。我觉得，□在这里，有了某种象征的意味。象征一种传承的缺失与中断。我父名昔文，二叔名昔红，三叔名昔华，堂叔们还有昔武，昔……我的父辈是昔字辈，我是世字辈，我们兄弟都按世字辈取名，世忠，世孝，世平，世义……而我的侄子辈里，再无按族谱取名。王祥，王静，王子零，王……我们的后人，将像我连外公外婆的名字都不知道一样，无法探寻父系的根源。而昔字辈后面的世字辈，是从父亲那里继承的血脉和辈分，表明来自父亲这一脉的香火传承，无论为敌为友，我的血脉里流着父亲的血，流着几百年前从山西大槐树下过来的王氏先人的血，流淌着三千多年前那个叫姬发的君王的血；父亲为我取名孝，孝字，表达了父亲期望我成为一个孝子的愿望。《孟子·离娄上》说：“不孝有三，无后为大，舜不告而娶，为无后也，君子以为犹告也。”《十三经注疏》中在“无后为大”下面这样解释“不孝有三，无后为大”：“于礼有不孝者三，事谓阿意曲从，陷亲不义，一不孝也；家贫亲老，不为禄仕，二不孝也；不娶无子，绝先祖祀，三不孝也。三者之中无后为大。”我的父亲自然不知道这么多，但他知道“不孝有三，无后为大”这句古训。为此，父亲曾深感忧虑。父亲与母亲结婚后，先后生下了三个女儿，我大姐美珍，大姐之后有个女儿夭折了，然后是翠珍。我的父亲遵守着祖宗传下的规矩，有女不能算有后，女儿们连享用“世”字的资格都没有。直到1969年，我的兄长出生，父亲才长吁了一

口气。当然，我这样说，有想象的成分，而事实是，父亲对我兄长的爱，显然要甚于姐姐们许多。兄长出生后，大姐、二姐的任务就是专门带我的哥哥，她们的弟弟。稍有不慎让我哥哥受了委屈，就会招来父亲的责骂。我在成年后，还不止一次听大姐谈起因为没带好哥哥而挨父亲打的事。这样的情形，据说直到我出生后，才略有好转。有了两个儿子，父亲悬着的心总算是放下来了。后来又有了小妹，这一次父亲把“世”这个字恩赐给了小妹，为小妹取名世珍。平时以“幺姑”称之。爷疼长子，娘爱幺儿。父亲还是一如既往地爱着他的长子，母亲却分外宠爱着我和小妹。

我和父亲度过了短暂的几年亲密时光，待我稍大一点，便开始了长达数十年的父子之战。我很愿意回味和父亲有过的短暂的亲密时光，但那些记忆大多发生在我六岁之前，因此还留有模糊记忆的便很少了。和父亲在一起的时光，有一个亲密的记忆，是我五岁时，跟随父亲一起去镇上的剧院看了一场舞台剧《刘三姐》，结尾时，穆老爷被一块从天而降的石头砸死了。我不能理解，每演一次戏，就要死一个人，那谁还愿意演穆老爷？父亲没有回答我，只是摸着我的头笑笑。父亲的这个动作，让我多少有点受宠若惊，也许是父亲极少用这样亲昵的动作表达他对孩子们的爱吧，这个摸头的动作，在我童年、少年的记忆中，就显得弥足珍贵，以至于多年以后，我依然记忆犹新。记得还有一次，父亲外出办事，回家时，顺道在路边掐了一把野蔷薇的嫩刺带回来给我们吃，在饥饿的年代，那绝对是滋养过我童年最为难得的美食。除此之外，我搜肠刮肚，实在找不出还有什么深切的、能体现父子间曾经有过亲密时光的佐证，而对于挨打的记忆，却是随手可以举出一箩筐。

父亲说：不打不成材。

父亲说：棍棒底下出孝子。

父亲说：三天不打，上房揭瓦。

父亲甚至有些绝望了：你狗日是属鼓的。

我不知道，少年的我有多么调皮，有多么讨人嫌。俗语云：七八九，嫌死狗。我就属于那种能嫌得死狗的孩子，而且不只局限在七八九岁。我把堂兄的头打破了，堂兄扬言："幺子亲戚亲戚，把亲戚拆破算了。"为此，我被父亲猛抽一顿，罚跪半天，不许吃饭；我不上学，偷偷去游泳，又被父亲狂扁一顿，外加罚跪到深夜，以至于生在水边的我，直到初中住校脱离了父亲的势力范围后才大胆学会几式狗刨；我在外面和同学打架，被打得头破血流，天黑了才敢回家，天没亮就溜去学校，直到头上的伤口长好，最终被父亲知道，还是补了一顿打；我和同学打架，以为神不知鬼不觉，结果同学的父亲打上门来，我再挨一顿揍；父亲把用竹条抽我屁股戏称为"竹笋炒肉"。在我们兄妹中，我大抵是挨打最多的孩子。我的两个姐姐很懂事，性格也极内向，平时温婉少言，勤劳持家，父亲骂她们时多，打她们时少。我哥哥不像我这样是个惹祸精，挨打多的，除了我就是小妹，但我妹妹比我聪明，看见父亲去拿"竹笋"她就跑，有时父亲拿着棍子绕着我们住的山追一个圈，父亲追，小妹就跑。父亲停下来，小妹也停下来。气喘吁吁的父亲大声骂着，"你这个砍脑壳的，你有本事不回来，回来我打死你。"但妹妹再回来时，父亲的怒

气已消。父亲从来不搞秋后算账，这一点小妹摸得很清楚。但我不一样，父亲打我时，我站着不动，任父亲打。任父亲打也罢了，我偏偏还嘴硬，说，“你打呀，反正我的命是你给的，打死我算了。”父亲说，“你以为老子不敢？打死儿子不犯法。”父亲还举出了一堆父亲打死儿子大义灭亲的典故，不过都是发生在不知哪朝哪代的传说，对我没有威慑力。

有些惩罚于我，是罪有应得。但有一次，我和堂兄、堂妹们一起在水边玩，堂妹掉进水里了，堂兄们都吓傻了，不知所措，只有我大声呼救，我爷爷听到呼救声赶来时，堂妹已沉入水中，若再晚一点，堂妹小命难保。我觉得我是有功的，但我的堂兄却说是我将堂妹推下水的，父亲扬言要打死我，吓得我躲在一蓬荆棘丛中不敢回家，后来迷迷糊糊在荆棘丛中睡了一晚。这是我人生第一次尝到被冤枉的滋味，而且遇到了一个不容你分辩的执法者。这件事，给我的童年留下了极大的阴影，也是从这件事后，我开始做噩梦，每天晚上做相同的梦，做了十多年；我还记得，大年三十，孩子们都在撒欢玩耍，而我却被罚去野外拾满一筐粪才能回家吃团圆饭，原因是我期末考试的成绩不理想。为了完成任务，我从别人家的粪坑里偷了一筐粪，没想到英明的父亲一眼就看穿了我的把戏，说老子晓得你不会老老实实去拾粪，自然，我受到了更为严厉的惩罚……我不知道自己为何记住了这么多挨打的往事，而且记忆如此的深刻。如今我回忆起这些往事时，心里涌起的，全是幸福与温暖，这是我与父亲几十年父子情最为生动的细节。而在当时，每一次挨打，都在我的心里积累着反叛的力量。还没有能力反抗父亲，我所能做的，就是摆出一副不服气的架势，任凭父亲将竹条抽打在我的身上。跪在地上几个小时，我也不会服软认输，这让父亲更加的恼火，对我的惩罚也更加严厉。父亲打骂我时，母亲是不能劝解的，若是劝解，父亲会连母亲也一起骂。父亲说，老子不信收拾不了这个油盐不进的枯豌豆。母亲能做的，就是偷偷拿一个枕头垫在我的膝下，让我跪着舒服一点。父与子的战争，从一开始，就是不对称打击。我只有挨打的份，而没有丝毫反击的能力。但是我在积蓄着力量，我梦想着早一天长大，长大了，就可以和父亲分庭抗礼了。

多年以后，我也为人父，有一天，女儿突然对我说，爸爸，我不想长大。我问女儿为什么。女儿说，长大了，就不幸福了。我想起了我的童年和少年。我的童年和少年时期，最大的梦想就是快点长大。

我还没有长大，庇护着我们兄妹的母亲就去世了。那一年，母亲三十八岁。我读小学五年级，小妹才八岁，哥哥和二姐都在读初中，喂猪做家务，都压在了大姐的身上。父亲拉扯着我们五个孩子，那几年，家里显得清冷而凄惶。父亲变得温和了一些，一家人在一起时，有了点相依为命的感觉。母亲的去世，也让我们兄妹五个仿佛一夜间长大了。大姐是没有上学读过书的，自然成了家里的顶梁柱，很快，二姐初中毕业后，也回家务农了，接着哥哥也不上学了。那时，我经常能听到一些我认识或不认识的人，在经过我们家门口时发出的赞叹——

说：这就是昔文的几个伢们，没有姆妈，伢们一个个还穿得干干净净；

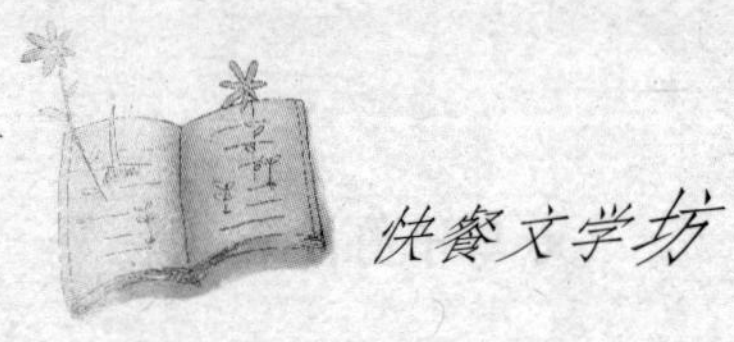

说:你看他们家门前收得那个干净;

说:看那菜园子,菜长得极喜欢人,没妈的孩子早当家;

说:唉,又当爹又当妈,不容易!

每当听到这样的话,我的心里就会发酸,会有一种莫名的屈辱感。读初中后,我渐渐能体会到父亲的艰辛,觉得父亲是真了不起的,我也在心底里发下誓愿:要带着我这个贫穷的家庭走向富裕。但这并不代表我和父亲的关系开始走向了和解。比如,邻居们当着父亲的面夸奖我们姐弟。

说:你的这几个伢们个个懂事。

父亲说:懂屁事,没一个成器的。

说:我看世孝将来能上大学。

父亲说:上农业大学,摸牛屁股的命。

说:世孝长得好,将来不愁说媳妇。

父亲说:鬼才看得中他,打光棍的命。

说:你不愁啊,再过几年,伢们大了,你就退休享福了。

父亲说:老了不像《墙头记》里的那样对我就阿弥陀佛了。

那时正在放电影《墙头记》,讲两个不孝儿子的故事。

父亲把他对儿女的贬损看成是谦虚,但我听了很是不满。我觉得父亲把我们和《墙头记》里的不孝儿子相比,是对我的侮辱。我觉得父亲一点也不了解他的孩子,为此我甚是讨厌父亲那所谓的谦虚。有一次,当父亲再次在别人面前谦虚时,我终于忍受不了,大声地吼叫了起来。父亲那次倒没生气，只是说，“你要真有出息，那就是我们老王家祖坟冒青烟了。”我说，“你等着瞧。”父亲说，“我还看不到？你能出息到哪里去？”现在我知道了，父亲当时心里其实并不这样想，父亲也认为他的孩子们是懂事的，也认为他的孩子们将来会有出息，但嘴上偏偏不这样说。多年以后，我和父亲小心地谈到这个问题，父亲说，请将不如激将。原来父亲是在以他的方式激励我们。

父亲本来话就不多，母亲去世后，父亲更加沉默寡言，他的心里装着五个孩子的未来。他有操不完的心，为了我们这个家。但父亲从来不与我们沟通，不会告诉我们他的想法。我和父亲总是说不到一块，我们兄妹几个，都和父亲说不到一块儿。吃饭时，父亲坐在桌子前，我们兄妹就端着饭碗蹲在门外吃，父亲吃完下桌子了，我们呼啦一下都围坐在桌前。有时我们兄妹有说有笑，父亲一来，大家就都不说话了，我们兄妹无意中结成了一个同盟，用这种方式孤立着父亲，对抗着父亲。时至今日，我也无法想象，当父亲被自己含辛茹苦拉扯大的孩子们孤立时，心里是什么感受。后来我出门打工，也为人父了，真的如父亲所说，“养儿方知父母恩”，我开始忏悔了，回到家里，吃饭时，我会和父亲坐在一起，我吃完了，也会继续坐着等父亲吃完饭。虽说有那么一点别扭，有那么一点不习惯，但我开始懂得了反思，也试图去理解父亲，父亲是爱他的孩子们的，只是父亲不懂得怎样去表达对孩子们的爱。从记事起，到现在，我快四十岁了，还从没有听父亲夸奖过我，鼓励过我一次。对欣赏的缺失，深深地影响了我对孩子的教育方式，我要把我未从父

亲那里得到的夸奖、鼓励、欣赏,都给我的孩子。我几乎很少批评我的孩子,从小对她实行的是激励式教育。去年冬天,父亲到东莞小住,见我一味地夸奖孩子,很是看不惯,认为这样容易养成孩子骄傲的品行。这时我已经能和父亲心平气和地坐下来讨论教育孩子的问题了,我批评父亲不懂得给我们兄妹们爱,父亲坚持说我这是溺爱。父亲认为我一个初中生,今天能成为作家,是他教育成功的实证。父亲不知道,在欣赏中长大的孩子和在贬损中成长的孩子,内心深处有着多么大的不同。如果将我和女儿都比着一棵树,我想我是一株在石缝里艰难长出的荆条,虽说材质坚韧,但扭曲,变形,而女儿却像一株白杨,长得自由、舒展,天性没有被压抑与扭曲。我与父亲对子女的爱是一样的,我们殊途同归。

父亲拉扯着我们五个孩子,但那时,我不能体会到父亲的艰辛,更体会不到父亲对我的期望。父亲是希望能在他的儿女中出一个大学生的。这希望首先寄托在我哥哥身上,我哥哥读书很用功,学习成绩也很好,但不知为何,平时成绩很好的哥哥,中考却考得一塌糊涂,以至于老师都深感惋惜。父亲希望哥哥复读,老师也希望哥哥复读,但我哥哥死活是不肯读书了。那时我妹妹读完小学四年级,也不肯读了,于是父亲的希望便寄托在了我的身上。小学升初中,全乡五所小学,我考总分第一。父亲知道了这个消息,没有夸我,但我知道,父亲对我寄予了厚望,希望我将来能上大学跳出农门。

然而我终于让父亲失望了,上了初中,我的代数、几何、英语出奇的差。这几门功课考试从来没有超过五十分。初三那一年,我几乎没怎么上英语课,不是我不想上,是英语老师不许我听他的课,英语老师语重心长地劝导我别浪费父母的钱了,与其这样在学校混时间,不如回家帮父母种田。我亦深觉英语老师言之有理。初中毕业,我回家务农。父亲劝我去复读,父亲说,“万般皆下品,唯有读书高。”真想不通,我那只读过两个半年私塾的父亲从哪里学来的这些老话。父亲居然还知道“卧冰求鲤”,更有甚者,父亲还知道“伤人乎,不问马”,知道孔子叫孔丘,知道孔子也不知道是早上的太阳离我们近还是中午的太阳离我们近。后来我想,这可能是当年“批林批孔”所做的一点点“国学普及”吧。这是闲话。当时父亲请来了我最尊敬的叔叔,还有本家的一位德高望重的爷爷劝我去复读,我实在对上学没了兴趣,也做好了被父亲狠揍一顿的准备,出乎我意料的是,这次父亲没有打我,也没有骂我,劝我无果之后,也尊重了我的选择。相反,较长的一段时间,父亲对我说话都有一些低声下气,甚至小心翼翼。父亲以为我一定为没有考上高中而伤心欲绝,父亲不忍在我的伤口上撒盐。我度过了一段难得的幸福时光。

这年,收完秋庄稼,农村就闲了。其时打工潮还没有兴起,乡村里许多像我一样辍学的孩子,一到冬天就成了游手好闲的混混。我在小说《少年行》中曾描写过这一段生活,就像小说中描写的那样,我整天游手好闲地混过了一个冬天。第二年春天,父亲相信我心灵的伤口已经痊愈。父亲说,“从今年开始,要给你上紧箍咒了,这么好的条件供你读

书你不争气，也怪不得我这作老的了，从今年起，你老老实实在家里跟我学种田。”于是这一年，我像个实习生一样，跟着父亲学习农事。清明泡种，谷雨下秧，耕田耙地，栽秧除草，治虫斫谷，夏收秋种……从春到秋，几乎没有一天闲，忙完水田忙旱地，收完水稻摘棉花。好不容易忙完这些，又要挑粪侍弄菜园，冬天到了还要积肥。沉重的体力活，压在了我的肩头，那年，我十六岁。父亲对我说，“要你读书你不读，受不了这份苦吧，受不了明年去复读。”而我想到读书要学英语，还有那让人脑袋发麻的代数、几何，说自己不是读书的料。父亲于是开始叹息，说他那时是如何的会读书。我反驳，说那时只读“三百千”，我要搁过去，也能考个秀才举人，说不定还能中个进士呢。因为整个初中时期，唯一能引以为豪的是我的语文成绩，作文总是被当作范文贴在墙上。父亲说，那我还会打算盘，你可会？我哑口无言。

遵祖宗两家格言，曰勤曰俭；教子孙两行正路，唯读唯耕。父亲恪守着这样的古训，认为既然他的儿子成不了读书人，那就当个好农民吧。父亲常说，你连耕田都学不会，将来我死了，你的田怎么种哟？我不满意父亲的唠叨，说车到山前必有路。那时我十六岁，个子比父亲都高了。和父亲说话，像吃了枪药，常常是父亲一句话还没说完，便被我呛了回去。父亲就不再说话，发一会呆，然后长叹一声。我和父亲的战争态势，随着我的成长，渐渐发生了变化。由过去的力量悬殊的不对等打击，变得渐渐有点旗鼓相当。父亲还是骂我，但我总是要还以颜色，表现出我的反感与不满。

那时我迷上了武侠小说，只要有一点空闲，我就捧起小说看。这也是父亲无法忍受的。父亲说，让你读书你不读，现在回家种田了你又读得这么起劲，根本就是想偷懒。但我不管这些，只要有一点空，只要脱离父亲的监管，我就看小说。看完金庸看梁羽生，看过梁羽生看古龙……三侠、七侠、说唐、说岳……一集不拉地看完了在《今古传奇》上连载的《玉娇龙》和《春雪瓶》。为此误了许多事，父亲在多次教训我无果后，也只好长叹息而听之任之了。一日，我心血来潮，写了篇千字文，投给《石首报》的文学副刊，没想到半个月后，居然接到了用稿通知，让我用方格稿纸抄正后再寄给编辑部。听说儿子的文章要发表，好久未露出过笑脸的父亲，脸上终于有了难得的笑容。我记得那次父亲带着我，找遍了调关镇的文具店，终于找到了编辑要求的方格稿纸。文章发表了，我拿到了六块钱稿费。最重要的是，我在报纸上发表文章的事，很快就传遍了小小的南湖村。我写下了第二篇小散文《喊魂》，记我童年生病时母亲为我喊魂的事，这篇散文也顺利的发表。这之后，父亲不再反对我看书。再有什么农活，能不叫上我的，父亲便不再叫我。父亲说，你什么也不用做，就好好写你的文章吧，写好了，将来和朱老师一样。父亲说的朱老师，是我们村小学的老师，因为给石首广播站写过几篇广播稿，后来就调到乡政府当文书了。父亲希望他的儿子也能因此改变命运，但我却再也没有写出一篇文章。父亲生气了，说你真是要气死我，你是存心和我作对是不是？不让你写时，你偷着也要写，好好让你写，你又不写了！

但笔在我的手中，我不写，父亲除了生气，也无可奈何。那时我的梦想并不是当作家，我梦想着当画家，这个梦想来自于我叔叔的熏陶。我叔叔是小学老师，村里公认的才子，写得一手好毛笔字，会画迎客松，画桂林山水，家里还有一本《芥子园画谱》，我没事就会去偷看。叔叔还会好多种乐器，月琴、口琴、风琴、笛子、二胡都拿得起。叔叔对我父亲说，世孝这伢不是个种田的命，得帮他寻一条出路。我父亲对我爷爷没有好脸色，但却极尊敬他这位同父异母的弟弟。父亲说，死伢子不听话得很。叔父说，让他去当兵，能写会画，去部队，也许能混出个人样来。我也对当兵颇有兴趣，然而验兵时，从小患有鼻炎的我无法靠嗅觉准确分辨出水、酒精和煤油，体检第一关我就被淘汰出局。叔叔又为我想了另外一条出路，找个师傅去学工艺美术。那时农村盖新房流行在堂屋里挂中堂画。父亲觉得这也是条出路，结果，我意外地成了小城最有名的画家王子君先生的学生，跟着先生学习了几个月的素描，学画工笔花鸟。先生的根雕很有名，于是我没事便背了锄头到处刨树根。一次为了刨树根，把人家的田埂刨塌了，被人臭骂一顿。我经常背着个画夹到处写生。去十几里外的桃花山买回一堆树根搞根雕，用村里人的话说是不干正经事。我学了几个月，根本画不来中堂，有时装模作样找人当模特，坐上一个小时，画出来的头像，给人看，要猜才能勉强猜出画的是谁。我在房前屋后的山林里挂上许多木牌，上书“禁止打鸟”。我用油漆把我家的椅子都画上颇具表现主义风格的怪物、狰狞恐怖的眼睛。除了我觉得这些桌椅“很艺术”外，谁看了都觉得瘆得慌。父亲反对我搞根雕,说那东西又卖不了钱,拿了斧头要劈我的树根。我说父亲不懂艺术,只学过三个月素描的我,俨然把自己当成艺术家了。而对于耕田种地,我却是一点兴趣也没有。

大姐嫁人了。接着二姐也出嫁了,二姐出嫁和哥哥结婚在同一天,父亲也算是敢于新事新办了。哥哥结婚后,很快就和我们分家另过,父亲便不再过问哥哥的事。热闹的一大家子,只留父亲、我和小妹,有些冷清。父亲此时最大的愿望有三,一是盖三间红砖房,这一段我在散文《小民安家》中有过详细的描写,此处不赘述;父亲的第二个愿望,就是能为我说一门亲事。父亲常说,等你结了婚,世珍出嫁,我就完成任务了,也好给你妈有一个交代了,到时我不管你们,也不烦你们了,我一个人守着门前那一片果园过日子。父亲这样说时,我心里是很烦的,觉得父亲小看了我,我这儿子再怎么不济,不至于连赡养老人的义务都不尽。我顶撞父亲,说你那片果园还不够亲戚邻居的孩子吃。父亲做出很认真的样子,说,天干无露水,老来无人情,到时连你的伢吃我的果子也是要钱的。我知道父亲只是说说,父亲好面子,哪里做得出这样的事。父亲的第三个心愿,自然是小妹能嫁个好人家。在几个孩子的婚事上,父亲再一次显示出了他的专制。大姐的婚事是父母之命,媒妁之言,自然是较让父亲省心的。我二姐和小妹,年轻时都是村里数得着的美女,用父亲的话说,男怕入错行,女怕嫁错郎,父亲觉得他有责任帮女儿把好这一关。

二姐的婚事,一开始就遭到父亲的强烈反对。父亲并不是反对后来成为我二姐夫的那位青年木匠。青年木匠手艺不错,人也还本份,小伙子长得也精神,更重要的是还写得一手好字。当然,这个写得一手好字,仅限于我们乡村的审美。父亲不满意的是青年木匠的家庭,自然也不是嫌贫爱富,青年木匠的家庭还算富裕,比我家强得多。父亲不满意的是青年木匠家的家风,觉得那一家人有点虚浮,做事不踏实。我也没有想到,一贯文静内向的二姐,用激烈的方式表达着她对父亲的不满。二姐把自己关在家里哭了半天之后,选择了自杀。幸亏当时家里没有农药,二姐喝下了大量的煤油。二姐的自杀,对父亲的打击和震惊是巨大的。之后,父亲不再反对二姐的婚事,也不敢再用过重的言语苛责我的二姐了。父女的关系,也陷入了一种紧张、小心翼翼的状态。二姐出嫁那天,临出门时,给父亲下了一个长跪,二姐哭了,父亲也哭了。我跑到山顶,看着接我二姐的车远去,泪如雨下。我以为二姐是怀着对父亲的恨离开这个家的,我以为二姐用一跪斩断了父女二十多年的感情。但是我错了,二姐出嫁之后,父亲对二姐的态度发生了一百八十度的转变,二姐对父亲的态度也同样发生了极大转变。我想,二姐出嫁之后,父亲和二姐一定都在许多的夜晚思念过对方,二姐会想起父亲的养育之恩,想起母亲去世后父亲的艰辛,二姐有了自己的孩子,正如父亲常说的那样,养儿方知父母恩。父亲呢,我只知道,许多的夜晚,父亲和衣躺在床上,很久,很久,然后用一声沉重的叹息结束一天。父亲一定是后悔了,后悔没有给这个早熟、懂事、坚韧、勤劳的女儿多一些理解，少一些言语上的伤害。现在，二姐出嫁二十多年了，她的孩子都已成人外出打工，我也目睹了这二十年二姐所过的日子。我不知道我的二姐是否幸福，最起码，从我的角度看，我觉得二姐不幸福。那个青年木匠，我的二姐夫，没能好好爱我的二姐。这一切，父亲都看在眼里，但父亲再没有对二姐和二姐夫的生活多说一句什么。父亲说，那是她自己的选择。

命运总是惊人地相似，同样的事情，在小妹的身上居然重演了一次。当年一头癞子的小妹出落成一个漂亮的大姑娘时，一位青年教师走进了小妹的生活，青年教师聪明、帅气，读过我们县最好的高中，能言善辩，才华出众。从某些方面来说，他和小妹是很般配的一对。但他们的爱情，同样遭到了我父亲的强烈反对。父亲甚至不许那个青年教师到我们家里来。父亲反对的理由很简单，他觉得青年教师的父亲不成器。父亲深信那句“有其父必有其子”的古训，并反复用这句话提醒我妹妹。然而小妹深爱着那位青年教师。小妹的性格和二姐相反，二姐外柔内刚，小妹却是个烈性子。她不会像二姐那样选择用死来对抗，而是坚定地和青年教师交往，非他不嫁。我坚定地站在了小妹这一边。青年教师来我家，父亲不理他，而我却热情地接待他。二比一，我和小妹终于战胜了父亲。父亲说，你们都大了，你这当哥哥的作了主，我也不说什么了，只是你们将来别后悔。

小妹出嫁时，我在南海打工，没能回家。那天，故乡下大雪。南海也很冷。我想到那天我的妹妹出嫁，从此她的生命中，将有另一个男人用

心爱她，照顾她，感到很欣慰，也有一些伤心。我们兄妹几个中，我和小妹的感情最亲密。我理所当然地享受着姐姐哥哥们给我的爱，也觉得自己对小妹的幸福有着天职。我还记得，出门打工那天，是正月十二，小妹提前包了元宵，兄妹俩人吃着元宵，小妹说，哥，多吃几个，这一出门，再难吃到家里的饭菜了。我也说，我在外站稳了脚跟，就把你接出去。我的潜台词，觉得这个家是一个让人窒息的牢笼，现在我成功地逃离了，而把我亲爱的小妹留在了家中，我迟早有一天要救小妹出去。而事实上是，许多年来，我这做哥哥的流浪在外，常常是饥一顿饱一顿，混得并不尽如人意，更不用说照顾小妹了。我觉得我唯一对得起小妹的，是帮她嫁给了她喜欢的人。妹妹出嫁后，父亲接受了这一现实，他对小女婿一样的疼爱，把他当成自己的孩子，仿佛过去的对立统统不曾存在过。妹妹和二姐一样，出嫁后仿佛变了个人，和父亲开始有说有笑，回到家，吃饭自然是坐在一桌。后来小妹也有了自己的孩子，她和青年教师一起在外面打工。不幸的是青年教师迷上了赌博，据说还在澳门的赌场赌过，欠了许多的债。清官难断家务事，我不想对妹妹的婚姻和家庭论是道非。前不久我出差去北京，在火车上接到妹妹发来的短信，妹妹说她回家了，准备离婚，妹妹说她想要孩子。我说你带着孩子，怎么生活？妹妹回，总会有办法的。我说，不管你选择什么，我都支持你。那一刻，我想到了父亲。我想，也许当年我错了，父亲是对的。也许，我们谁都没有对，谁都没有错。但我知道，此时此刻，还有一个人心里和我一样难受，甚至比我要难受得多，那就是我已年迈的父亲。

多年的父子成仇人。如果不是我出门打工，和父亲有了空间上的距离，我和父亲的战争，也许还会升级，更不会像现在这样得到化解。我和父亲关系最为紧张的是1987年到1992年，那段时间，我们对于任何事情的看法都有分歧，记得有一次，村里通知，说荆州地委行署要来我们村检查计划生育，村里下了通知，谁也不许乱说话，如果乱说，家里有学生的要开除，种地的，要把地没收，总之是下达了封口令。这个封口令让血气方刚的我和我的几位同党深感不满。我们叫嚣着，说每个孩子都有上学的权利，谁也无权开除，并扬言要去告状，要揭发我们村的黑幕。地委检查组的人来的那天，我们一行人守在村部，做好了“告御状”的准备。也是不凑巧，地委的人在来我们村的路上，接到通知，说是邻村因计生工作不当，出了人命，于是地委的人直奔邻村而去。事后，村里的领导开始秋后算账，几位干部来到我家质问我，我当然是跳起来和他们对着干，并扬言，他们要是敢整我，我就把村里的事曝光到报社。干部说，好，你狠！将来总有一天你会落到我们手上。我说你放心吧，不到法定年龄我不结婚。干部说，你敢保证你头胎就生儿子，我说生儿生女都一样，我只生一个。干部认为我说大话，虽说不至于没收我家的土地，但对我甚为不满，本打算来教训我一下，出一口气以儆效尤，谁知碰上我这样的“二百五”。父亲深为我感到担心，怕我将来在村里没法混，被干部穿小鞋，便大声呵斥，教训我，让我认错。我的叫声比父亲的声音还要大，我觉得我是正确的。父亲气极，随手抓起一把椅子砸

向我，我还是和小时候一样，站在那里不动，说，砸啊，你砸死我我也没有错。村干部并没有去夺我父亲手中的椅子，父亲手中举起的椅子终于是向我砸下，正砸中我的肩膀。肩上的痛是次要的，我觉得这一椅子，砸碎了本来就脆弱不堪的父子之情。我离家出走了，而且一走就是一个多月，我跑到县城一位开餐馆的同学家，同学家做鱼糕鱼丸卖，我给他们当帮工，杀鱼，打鱼糕。眼看要过年了，父亲让小妹来县城找我，我才回家过年。

那时我觉得我们家庭的贫穷，是因为父亲不会持家造成的。父亲只会死种地，而我却总是想着搞一些新的实验，并在深思熟虑之后，向父亲的权威提出了直接地挑战，说，从明年开始，我来当这个家。父亲冷笑，告诉了我家庭的财政赤字是多少，我吓得打了退堂鼓。不过父亲倒是变得开明了许多，父亲会用商量地口吻对我说，我想把“七斗丘”种棉花，你看么样？明年“八亩围子”就不栽两季稻了，搞双抢忙不过来。“七斗丘”“八亩围子” 都是我家土地的名字，就像我们每个人都有名字一样，家里的每块地都有名字。“尖角子”“徐家围”“窑场前”“机屋后面”……父亲规划着每一块地。这在之前是少有的，之前种什么不种什么，父亲从不会对我们说，我们只要跟着干活就行。自从姐姐们出嫁、哥哥结婚后，父亲的脾气变了许多。有些时候，我甚至觉得，父亲有些巴结我们的意思。但是父亲和我们的商量，就像现在所谓的一些征求意见，我们就算提了意见，也基本上要被父亲否决。但不管怎么样，父亲意识到他老了，而他的小儿子正是血气方刚的年纪，他似乎也在有意锻炼我。

20世纪80年代末，政府也大力提倡农民成为专业户，高音喇叭里每天都在播着专业户致富成为万元户的故事，而我正劲头十足，跃跃欲试，父亲也有些动心了。为了发家致富，我开始种食用菌，父亲的劲头似乎也被我带动起来，有时还会给我打打下手。但父亲对于科学，总是有那么一些心不在焉，比如种食用菌要用上好的稻草，父亲会说，好草要喂牛的，只给我不好的草，并认为好草坏草都是种菌；比如我说要酒精灯来用做消毒，父亲认为消不消毒都一样。结果我种的食用菌全是杂菌。我认为是父亲坏了我的事，父亲却责怪我学艺不精。父亲总是对我的能力将信将疑，对新生的事物既葆有好奇，又心存疑虑。食用菌种植失败后，我又想到去武汉学泡无根豆芽，父亲原则上同意了，但对我的支持却要打个折扣，于是我千里迢迢去武汉，只是买了一些资料和生无根豆芽用的激素便回了家。那是我第一次去石首之外的大城市，城市给了我一种全新的感受，所有的一切都是新奇的，公共汽车顶上居然拖着一根“大辫子”，身上还画满了花花绿绿的广告，城市的街道纵横交错，我一次次走错了路，只好以黄鹤楼为参照物，一次次纠正我的错误路线。那时我做梦也没想过，有一天我会离开家，到武汉打工，到更远的南方打工，而且再也回不了家，成为一个飘荡在城乡之间的游魂，成为“中国制造”的制造者之一，并能用手中的笔，记录下这个时代一些不为人知的人与事，让历史的暗角里，也能照进一点微光。

还是说我和父亲的战争。学会泡豆芽之后，父亲对我的支持还是打了折扣，泡豆芽要有容器，我看中了家里的几口大缸，但要在缸底钻

一个拳头大的窟窿，以便给豆芽沥水。那些大水缸，是父亲的宝贝，父亲坚决不同意我在那些缸底钻窟窿，甚至说起了某一口大水缸是他和母亲从很远的地方抬回来的。父子间为了几口水缸，再一次发生了冲突。最后只好是双方都退一步，父亲同意把几口大水缸给我用，但缸底的孔只能钻拇指粗细，这样万一豆芽没有泡成，水缸还能修复。我的失败，再一次证明了父亲的英明。那一段时间，我在家里不停地穷折腾，父亲嘲笑我，说你还说要当家，真让你当家，这个家只有越当越穷的。我也为自己的无用而深感不安，那时打工潮开始兴起，我想出门打工，目的地很明确——深圳。但我没有路费，那时我的手中长期是一文不名，最多时，手中的钱也没有超过二十块。但我意已决，知子莫若父，父亲知道我动了打工的念头，挡是挡不住的，父亲再一次用上了折中的办法，答应给我三百块钱的路费和生活费，但不许去深圳打工，而是去岳阳或者武汉，跟一个同学一起做分割鸡的生意。父亲还是不相信他的儿子，万一去了深圳，再混不好，水远山遥的，想回头都难。如果在岳阳或者武汉，毕竟隔得不太远，我随时可以回头。父亲卖掉了一头猪，作为我的路费，把家里最破的一床被子装进了蛇皮袋，送我出门时，说的最重要的一句话是，“出门看看也好，不行就回来，别硬撑着。”我却信誓旦旦，“不混出个人样，我绝不回头。”

出门打工后，我和我出嫁的姐姐们一样，开始觉出了父亲的好，觉出了父亲的不容易。我给在家里的妹妹写信，总是要问父亲好不好。妹妹给我回信,也会报上家里的平安。我们的信,都是报喜不报忧,而报喜时,也是把喜夸大了再报。父亲觉得儿子终于是出息了,我回到家里时,父子间,有了难得的亲密。记得有一次,打工多年的我回到家中,家里已没有了我的床铺,晚上,我和父亲睡在一张床上。我觉得很陌生,很别扭,也很温暖。我想父亲也多少觉出了一些不自在。父子俩都不说话,我不敢动一下,父亲也不敢动。我佯装睡着,很晚,很晚。父亲粗糙的手,小心翼翼地放在了我的脚上,见我没有反应,父亲轻轻地抚摸着我的脚。温暖在那一瞬间把我淹没,我觉得我还是个没长大的孩子。我不敢动一下,享受着来自父亲的关爱与温暖。我的泪水,打湿了枕头。我的脚终于是动了一下,父亲的手像触电一样,弹了回去。我渴望着父亲再次抚摸我的脚,但父亲没有。良久,父亲发出了一声长长的叹息。我突然发觉,我不再讨厌父亲的叹息声,在外面流浪多年,历经冷暖后,我终于读懂了父亲沉重叹息里的爱与无奈。

我以为,我和父亲,再也不会发生冲突了;我以为我长大了,再也不会惹父亲心烦。但儿子终究是儿子,在外面受人冷眼,受人打击时,我也学会了隐忍,可是在父亲面前,我永远也学不会,我还是我,我不想压抑自己的情感。而父子之间微妙关系的真正转折点,是在我结婚之后。婚后,打工多年的我回到了家,再次做起了养殖发家的梦。我养了许多猪,为了这些猪,我再次和父亲发生了冲突。自从我结婚后,父亲心甘情愿地退居二线,什么事都不再做主,由着我来。两次争执,和从前也有了很大的转变。一次是我想把菜园全部种上猪菜,父亲却一定

要在大片猪菜中辟出一小片来种辣椒。父亲把我种好的猪菜锄掉，说他要种辣椒，在我们那里，没有辣椒，简直是没办法吃饭的。但我反对父亲在那块地里种辣椒，我说可以去另一块菜地种，父亲坚持，说他就要在这里种，似乎没有什么理由。父亲买来了辣椒苗，自顾自地栽他的辣椒苗。我生气了，说，你栽了也是白栽，今天栽，我明天就给你挖掉。父亲挥动着锄头，说你要是敢挖掉，老子就一锄头挖死你。我突然觉得，父亲还是从前的父亲，儿子也还是从前的儿子。不过父亲在说完这句话后，突然变得很伤感，不再言语，默默地栽完了他的辣椒苗，回到家中，发呆。我也并没有挖掉父亲的辣椒苗，但这件事，还是伤了父亲的心。好在我妻子从中打圆场，把我教训了一顿，看着我被妻子教训而不敢回嘴的样子，父亲笑了。说，一个猴子服一根鞭竿，孙悟空也怕唐僧的紧箍咒，这下终于找到一个治得住你的人了。还有一次，栏里的猪开始转入育肥期，这时要让猪多睡，由过去的一日三顿改为一日两顿，猪们开始不习惯，在栏里叫得凶。父亲看着猪们可怜，自做主张拿了青菜去喂，我觉得父亲不该干涉我科学养猪，于是把父亲说了一顿。父亲很委屈，一言不发，回到房间就睡了。父亲变了，过去强悍的父亲变得脆弱了，爱伤感了，他无法承受来自儿子的呵斥。我知道父亲伤心了，开饭时，让妻去叫父亲吃饭。妻去叫，父亲说他不吃，说他不饿。妻对我说，还是你去叫吧，于是我去叫父亲吃饭，父亲沉默了一会儿，还是说，不饿。我投降了，从前父亲对我打骂时，我从来没有投过降，从来没有服过输，但现在，在父亲面前；我彻底服输了。我第一次自动地给父亲跪下，我说你不吃饭，我就不起来。父亲起来吃饭了。从那时起，我再不敢犯相同的错误。

父亲老了，老小老小，父亲变得像个孩子。

父亲再不骂人了，再不打人了。父亲变得平和了，慈祥了。

但我们兄妹一个都不在他身边。我们常年在外，也难得顾上父亲，除了给父亲寄生活费，实在没尽过什么孝道。父亲说他其实不需要钱，父亲需要的，我们却不能给他。父亲需要我们在身边，哪怕烦他，让他生气，也比看不到我们、听不到我们的声音强。好在那些年，大姐一直在家，每月回家帮父亲洗一次被子，父亲的生日、端午、中秋，都会回家看看，这是父亲唯一能享的亲情。2004年，我的大姐突发心肌梗塞去世了，父亲一下子老了许多。父亲说，人生最大的不幸，都被他遇上了。少年丧母，中年丧妻，老年丧女。次年春节，我把父亲接到深圳过年。父亲第一次来深圳，我的女儿子零天天陪着爷爷到处转，父亲像个孩子一样，陪孙女去公园钓金鱼，花了几十块钱钓到三条金鱼，又花钱买了一个鱼缸，和孙女兴冲冲地回到家里，那时我失去了工作，在家自由撰稿，文学刊物还没有开始接纳我的小说，发表极困难，差不多是在吃老本，经济状况极差，父亲却花了近百元，只是为了逗孩子开心。我再次数落了父亲，不过这次父亲没有生气，只是像个做错了事的孩子，也不辩解。我一走，他就和孙女一起喂金鱼吃食，爷孙俩笑得很开心。

父亲不适应深圳的生活，不小心把腰摔骨折了，在床上躺了一个月，这是我长这么大，第一次尽儿子的孝道。但父亲却惦记着早日回家，

刚恢复好一点，就坐车回老家了。第二次来广东，是冬天。我正在写长篇，这时已搬到东莞，有了自己的房子。父亲很开心，但女儿每天要上学，再不能陪着爷爷到处逛。父亲睡我的书房，我习惯早晨四五点钟起来写作，轻手轻脚进了书房，父亲醒了，有时我写作，父亲就站在我的身后看我写，我觉得很不自在，说，你不要站在我的后面，后面站一个人，我怎么写作？父亲说，我又没有出声。我说没有声音也不行。父亲很郁闷。于是早早的起了床，到街上去转。中午吃饭时，父亲还没有回来，打他手机也不接，这下把我吓坏了，我怕父亲是生我气了。妻说，没事的，肯定是玩的忘记时间了。可是我莫名地感到不安，害怕父亲出事，吓得打了车，满街找，把父亲可能去的地方都找遍了，也没有找到。下午四点，父亲回来了，我劈头一句，你去哪里了！父亲笑，说玩到中午，就在外面吃了碗面。妻说，把你儿子吓坏了，到处找你。父亲说，我又不是小孩，还能跑丢了不成。妻说，你儿子怕你生气跑回家了。父亲笑笑，没说话。后来，我写作时，父亲不再站在我的身后，或睡在床上不出声，或轻手轻脚下楼，看电视，或是自己出去转。我也再不敢说父亲了。父亲很不习惯这种生活，没有人陪他说话，他把小镇都转遍了。我在写作长篇小说《无碑》，也没能陪父亲出去走走。

过年时，一家人围在电脑前看中央台给我录的纪录片。看到我说我出门打工时父亲对我说的那一段话时，父亲突然痛哭失声，不过很快又笑了起来。父亲说起了我小时候的一些事，说起我与别的孩子不同的淘气，在父亲的讲述中，我过去那些嫌死狗的往事，都成为今天能成为一个作家的异秉。父亲说，你从小就与别的孩子不一样，我知道你会有出息的。

三十七年来，我第一次听见父亲夸我。

我说父亲您才读过两个半年私塾，却会写诗，要是多读点书，肯定能成为比你儿子出息得多的大作家。我说我曾在散文《小民安家》中专门写到您的诗呢。父亲也笑，说他看过那篇散文，父亲很为他的诗自豪。

这也是我长这么大，第一次夸奖我的父亲。

过完年，我继续写长篇。写完初稿的那一天，父亲比我还高兴。那天晚上，我开了一瓶红酒，和父亲对饮了几盅。父亲说，你的长篇写完了，我也要回家了。父亲不习惯住在这里，来东莞后，瘦了好几斤，三天两头打针吃药，父亲说他怕死在我家里，以后我女儿会害怕。父亲经常说到死，他变得怕死了。我说我们家的男人都长寿，我爷爷不就活到了八十三岁么。父亲坚持回家，送父亲上车时，我说明年过年再来吧，父亲很伤感，哭了。然而父亲一回到家，身体就好了，人又精神了。

故土难离，父亲与那片生活了一辈子的土地，已经是一个整体。而我，却成为故乡的逆子，再也回不去故乡。父亲回去后，我想，从今年起，没事多给父亲打打电话。但一忙起来，就把打电话的事忘了。父亲就把电话打过来，问我好不好，父亲说，没有什么比看到孩子都好更能让他开心的事了。父亲说，你活一百岁，在我眼里，也是个伢。

这篇文章，在我的心里埋了许久许久，我一直不敢动笔。现在，我

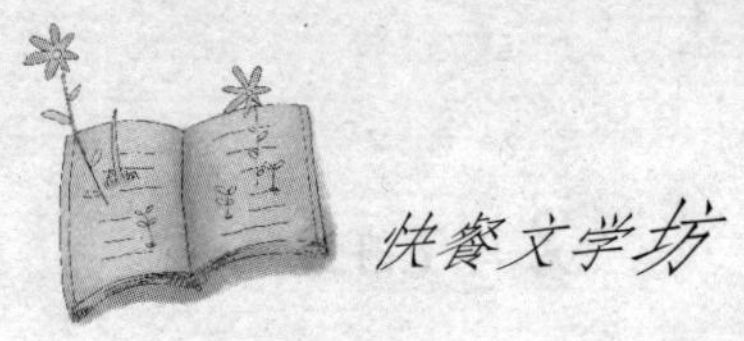

终于把它写下来，写我与父亲几十年为敌为友的往事，这是我们父子间的战争。分开了相互理解，相互思念，住在一起时，又免不了磕磕碰碰。在父亲面前，我永远是伢子。写作这篇文章期间，我连襟打来电话，诉说他的儿子不懂事，快把他气死了，希望我能劝劝，我笑笑。没两天，居然又接到我姐夫打来的电话，劈头一句就是，“他舅舅，你帮我说说云云，这孩子，真是要气死我了。”云云是我二姐的儿子。接下来，我姐夫就历数了他儿子的种种异端。我笑笑，劝姐夫，孩子大了，要放手，让他们去按自己的方式成长，并答应帮姐夫劝劝孩子。姐夫说，那就好，他就相信你，就听你的话。但是我却没有去劝，我相信，我连襟和他的儿子，我姐夫和他的儿子，终有一天，会走向理解、和解之路。父与子的战争，在天下众多的父子间上演着，这是人生的悲剧还是喜剧？但现在，今天，当我回忆起与父亲在一起的往事时，所有的战争，所有的冲突，都成为我成长中最动人的细节，成为我与父亲今生为父子的最朴素的见证。我甚至想，这就是人生，许多的未知，要到多年之后回首往事时，才能觉出其中的奇妙。如果我们未卜先知，并把一切冲突与误解提前化于无形，那么我们的人生是否会因此而变得机械与冰冷？

多年的父子成仇人，多年的仇人成兄弟。诚哉，斯言。写下这些，献给天下的父与子。